本成果系
北京电影学院教务处本科教学质量提高项目支持

这没有什么好玩的

北京电影学院导演系2014级本科班原创小说集

陈文颖 主编

中国电影出版社

2018 · 北京

编者前言

2014年9月，导演系谢晓晶老师请我们基础部的胡玉香老师、李晶老师和我，给导演系2014级本科班上文学基础课。记得交谈时，谢老师特别强调提高导演系学生文学素养的重要性。他觉得现在的学生读书量较少，老师必须引导学生阅读世界优秀的文学作品，通过大量的阅读，学生的文学素养才会慢慢提高。

我听了深以为然。就我有限的了解，我知道电影大师的文学素养都很高。日本电影大师黑泽明被誉为“电影界的莎士比亚”，他迷恋俄罗斯文学，崇拜陀思妥耶夫斯基，通读托尔斯泰的《战争与和平》多遍；瑞典电影大师英格玛·伯格曼在戏剧和文学领域都有极高的造诣，曾获1975年的诺贝尔文学奖提名；中国台湾著名电影导演侯孝贤酷爱看书，他从现代著名作家沈从文的著作中领悟到该怎样看待身边的世界，怎样拍镜头前的人。2007年侯孝贤获颁香港浸会大学荣誉文学博士学位。

提高导演系学生的文学素养，应切实从提高学生的文学鉴赏能力入手。经过认真思考，我决定重点讲授“小说鉴赏”。

世界著名的优秀小说不少，我锁定了篇幅相对短小的中短篇小说。因为课时有限，学生的课外阅读时间也不充裕，为了保证学生能真正地细读文本，培养他们细读文本的好习惯，从阅读篇幅相对短小的优秀作品开始容易事半功倍。真正的好作品值得一读再读，细读一篇精短的小说胜过走马观花看上百篇小说。学生一旦在细读中收获良多，必然会自觉地去阅读更多的优秀文学作品。

决定把“小说鉴赏”的重点放在学生的“文本细读”上后，我精选了一批风格各异的中外优秀中短篇小说。小说是叙事艺术，第一堂课我选了一篇短篇小说，跟学生详细解读了小说的叙事要素，让他们真正领悟小说怎么写比写什么更重要。接下来的课学生是主角，要求他们课前细读，课上讨论。一千个读者有一千个哈姆雷特，每个学生对同一文本的阅读肯定各有见解，让这些见解互相碰撞、交流、各取所长，阅读的成效就会在讨论中得到提高和巩固。只要时间允许，每位同学都能畅所欲言发表自己的阅读见解，有时候讨论能达到白热化的程度，两位观点相反的同学激烈争论，其他同学也积极相助自己赞同的一方，最后由老师做以总结，有意识地往文本细读引导，要求学生必须从文本中找出字句论证自己提出的论点。经过这样的训练，感觉学生细读文本的能力逐步提高了。因为是小班教学，老师能够通过交流了解每个学生过往的阅读量，在课上能充分调动起所有学生积极参与讨论的热情，也能及时指出具体文本细读的不足之处。我还希望学生在阅读中最终领悟到：阅读文学中虚构的人、事、情感与思想，其实是在阅读自己，是在和自己对话。不是我们在阅读书，而是书在阅读我们，阅读我们的贫乏和冷漠。我们阅读的最终目的是认识自己。认识自我，既是“成人”的标志，也是艺术生最终能够自由创作出有生命力的艺术作品的前提。

阅读与写作是相辅相成的关系。文本细读让学生真正领略了小说作为叙事艺术的魅力，阅读和思考能力的提高必然会激发学生写作的潜能，真正能够做到用母语自由地写作。边阅读边写作是反思自我，发现自我，表达自我的一条自由之路。我有意识地让学生自由自在地没有任何条条框框地写读书笔记，就像在课堂上讨论那样。我告诉他们，真正优秀的读书笔记不仅仅是有见解的，最重要的是能看见作者的真性情。上完课后，我很高兴地发现有些学生已经养成了边读边写的好习惯。记得上完课都快一年了吧，还有学生给我发邮件，自由地发表对最近所看作品的见解和感想。

除了引导学生写读书笔记，我也有意识地鼓励他们创作。我选了几篇根据童年经验写就的优秀小说，凭着直觉认为有助于唤醒学生的童年记忆，也能借机引导学生试着写写来自童年经验的小说。教学实践证明，经过童年经验小说的引导，学生的童年记忆也部分被唤醒，激发了创作欲望，大部分同学最终把这份唤醒的人生体验诉诸文字，写出了自己的小说处女作。看学生写的小说，我注意到他们开始在写作中注意如何更有效地叙事，文本细读显然让他们的叙事能力得到了提高。让学生们交流创作体会时，我感觉导演系的学生不愧是往导演方向培养的，他们在构思的时候同时启动了自己的视听思维，善于全局把握。有几个学生信心满满地认为，自己创作的小说是可以试着改编成一部短片甚至一部电影的。这些都给我信心，只要选好优秀的小说文本，让学生真正细读小说，完全可以激发他们的创作欲望，这也符合电影学院重视创作的教学理念。

32课时的小说鉴赏课感觉一晃就上完了。记得期末布置的是二选一的作业，要求写一篇读书笔记，或写一篇原创小说，结果收上来的作业大部分是原创小说，也有学生既写了读书笔记，也创作了小说。看着学生因为创作而兴奋的表情，我决定抽时间对他们的原创小说做一对一的点评。这个决定受到学生的欢迎。为了收到最好的效果，每一篇原创小说我都要求自己细读两遍，甚至一读再读。现在想来，那种一对一的互动式点评，成了我在电影学院任教多年极其美好的回忆。

很感谢导演系对我的信任，2014级本科班上完后，2015级的主任教员李忱老师和2016级的主任教员侯克明老师继续邀请我给导演系本科班上文学基础课，我在期末布置的还是二选一的作业，这两个年级的学生也都提交了原创小说，总共收到三个年级的64篇原创小说。如果加上上完课后学生们陆续从邮箱发过来的小说，大概达到三位数了。

编选一本导演系学生的原创小说集，是我们部门极其重视教学的领导全颖华老师提议的。他跟导演系沟通后，得到了系里的大力支持，最后决定先编选2014级本科班的原创小说集。编选原创小说集的目的一是展示导演系2014级本科班文学艺术课程改革的部分成果，二是让老师在编选中做以教学上的总结，三是给即将毕业的学生留个美好的纪念。这些原创小说的排列顺序是按系里排好的班级名单排序的，只要能让学生感觉无比熟悉和亲切就行，排出高下没有任何意义。至于怎么给这部小说集取名，颇费了一些脑细胞，最终在谢晓晶老师的建议下，经过商量，选取了学生吕泓逸的小说标题《这没有什么好玩的》作为书名。

根据学生的实践成果，证明在授课中把小说鉴赏和写作结合起来很受欢迎，也让学生学有所获。2017年5月我申请成功教务处的“本科教学质量提高研究项目”，我把项目的名称定为《小说鉴赏与写作研究》，就是想把这三年的教学实践好好总结一下，把小说鉴赏的精华研究透彻，也把小说鉴赏和写作的关系彻底理顺，更好地推进电影学院的本科教学。希望这本编选的原创小说集能助力这个项目的研究。作为老师，提高教学质量始终是毕生求索的目标。

最近我读了法国著名导演侯麦写的六篇小说的合集《六个道德故事》。据说侯麦出道时并不顺利，是《六个道德故事》救了他。他花了近十年的时间把这六篇小说陆续改编成了电影，逐渐成为世界知名的一流导演。看完小说再看电影，感觉真正的电影大师都在银幕上写作。想起著名作家帕慕克说过：“写作不是一种技巧，而是一种精神和哲学的行为。”确实，写作不是闭门造车的技巧，真正的写作能认识自我，理解他人，也能认清自我和自然、社会的关系。收在这本小说集里的原创小说是导演系2014级本科班学生的小说习作，和专业小说家比肯定有极不成熟的一面，但这是真正发自心灵的写作。值得珍惜。

学生们已经开始纸上的写作，期待他们将来在银幕上继续自由地写作。

最后，诚挚感谢2014级导演班的主任教员谢晓晶老师和夏钢老师，感谢你们对我的信任，给我足够的自由进行教学探索和改革；感谢你们在百忙中抽出宝贵的时间给这本《2014级导演班的原创小说集》写序；感谢你们在文学艺术修养课程上的锐意改革，这改革给学生带来的是满满的收获和成绩，给老师带来的是有成就感的教学体验。也要真挚感谢导演系2015级主任教员李忱老师和2016级主任教员侯克明老师对我的信任，你们对文学基础课老师的尊敬和重视让我非常感动！还要真挚感谢导演系王瑞老师、刘珅老师和刘晶晶老师对我的信任和帮助！

陈文颖

2018年4月17日

序

这是一部短篇小说集，小说的作者是北京电影学院导演系2014级本科班的26名学生。北京电影学院导演系在本科一年级开设文学基础课程，书中收录的这些作品就是学生们在文学基础课上完成的创作作业。

与为全院学生开设的文学修养课不同，北京电影学院导演系的文学基础课采用小班授课的方式，只针对导演系本科一个班的学生。这种教学方式的好处是，授课教师可以深入了解所有学生的文学水平，并能够对每个学生的创作作业做具体指导。

陈文颖老师是北京电影学院资深的文学课教师。从2014年至2016年，陈老师连续三年为导演系的三届本科生讲授文学基础课。在她的悉心指导下，这三届学生共创作了六十余篇短篇小说作品。学生们在这门课上获得的知识、受到的训练为他们日后的专业课学习打下了重要的基础。

虽然文学艺术修养在电影专业人才培养工作中的重要性大家早有共识，但如何设计适合电影专业人才培养需要的文学基础、戏剧基础、美术基础、音乐基础课程？如何使这些课程与电影专业课程形成相互作用的科学的课程结构关系？如何合理地安排电影专业课与文学艺术修养课的课程教学时间？却是所有电影艺术院校必须认真面对并切实解决的问题。否则，对文学艺术修养的重视也只会是一句空话。

在北京电影学院导演系的教学传统中，文学艺术修养课一直占有重要的位置。从2014年开始，在学院和教务处的大力支持下，导演系在文学基础、戏剧基础、美术基础、音乐基础的课程建设和教学实践方面又进行了持续的改革与探索，并开始取得了一定的成效。但应该强调的是，专业技能的学习有可能在短期内见效，素质与修养的提高却一定需要较长的时间。只有清楚地认识到这一点，才有可能把文学艺术修养课的课程建设与教学改革持之以恒地坚持下去。

在这部短篇小说集出版之际，作为北京电影学院导演系2014级本科班的主任教师，我应该向陈文颖老师和参与导演系本科文学基础课教学的胡玉香老师、李晶老师表示真挚的感谢！向学院基础部的全颖华主任及全体教师表示真挚的感谢！没有你们的热情支持和积极参与，导演系在本科教学改革方面的许多想法就无法顺利地得以实现。同时，也希望这种合作在导演系今后的教学工作中能够长久地保持下去。电影导演专业的人才培养是一项艰苦细致的工作，只有汇集更多人的智慧和力量，才能取得越来越好的成绩。

北京电影学院导演系谢晓晶教授

2018年4月15日

也算是序——为“导14班”的孩子们

退休了，阴差阳错，又被谢晓晶拉回到电影学院来教书。“14班”是我参与带的第一个导演本科班，当然可能也是最后一个。这是个试验班，我们给这个班重新设计了一些课程，主要是针对近年来生源基础薄弱的状况。其中主要是对音乐基础、美术基础、文学基础和戏剧基础课的加强。大学教育仍然是基础教育，我们不希望将来的他们只是一些掌握了某一门技巧谋生糊口的手艺人，而宁愿看到他们成为有文化底蕴、有艺术品位、会独立思考、有修养的高素质公民。

晓晶请来了学院基础部的老师，把文学基础作为一门主课来讲授，这在电影学院是从没有过的，学生们的结课作业就形成了这本小说集。对于大部分的学生来说，这是他们生平第一次用小说的形式进行自我的表达，难免有些稚嫩，有些生涩。但更重要的是透过这些文字，你可以感觉到青春的敏感、丰富的想象、对生活的观察和对人生的思考、对艺术的向往和追求、倾诉和表达的欲望，可以看到那一点难得的才华的光亮。

电影学院近年来的教学是比较强调视听语言教育的，这也是当前电影教育的一个潮流。电影是视听艺术！不错，但这种说法只涉及了电影的外部形态即表达层面。电影首先是思想的，思想是由语言和文字组织起来的。视听语言是其中重要的一种，而文学是思想的结晶。

六十年一甲子，周而复始。一切事物的发展都是轮回，看似不断前行，却又转回原地。电影一百二十年了，技术发展超乎想象。我们这一代人亲身经历了一次次的飞跃。

随着数字取代了胶片，视频技术的普及使得电影往昔的神秘感消失殆尽；电影成了一个廉价应召女郎，有点钱就可以来玩一玩；被广告和电子游戏培养大的观众消费力惊人，但高度垄断的市场上劣币驱除良币……

曾几何时，争取跻身第七艺术的争辩余音未了，但审视今天的电影好像又回到了杂耍的年代。

从“14班”的这本小书上，我看到了希望，尽管今天的电影市场关注的唯有票房与卖点，但电影毕竟还是要向着艺术的高点做她的下一次努力。也许电影原本出身卑贱，杂耍是成为暴发户的最佳途径；但是我们这些人的加入，如“14班”这样的一代代年轻的电影学院人的加入，不正是为了让电影这位最为美丽迷人的艺术女神在神圣的殿堂里占有一席之地吗？

中国电影集团公司导演

北京电影学院特聘教授夏钢

2018年5月1日

目　录

001　编者前言……陈文颖
007　序……谢晓晶
009　也算是序——为“导14班”的孩子们……夏　钢

001　甜蜜的事……苏弘毅
005　一篇无意义的自我发言……李金陶
012　我的爷爷奶奶……左一凡
016　盛开的艳阳……罗钰昕
019　梦始梦终……张靖泽
031　寻……王润泽
042　白面郎君……常好为
054　由西瓜而想到的……苏尼尔
058　异乡人……玛丽亚·哈布力
061　归……白润青
068　小林的一次感冒和一次失恋……耿嘉琪
072　出门……刚　糅

077 月亮谋杀案……黄楚越
081 这没有什么好玩的……吕泓逸
088 世界上最好喝的咖啡……徐培原
092 死村往事……李宇星
105 森总……王 鹏
108 向日葵……祁 骥
131 父亲……吴青陵
136 淑云和春生……王艺静
138 浴水……李昌荣
145 霾……森明佳
150 蛮夷……章元钊
163 赢家……朱奕洋

甜蜜的事

苏弘毅

“你已经把她忘光了吧？”

她搅拌着面前喝了一半的咖啡，突然问起来。我抬起头看着她，她心不在焉地盯着手中的勺子，眼皮微微往上抬似乎想瞟我一眼。可又拼命压抑住了——眼皮不停地颤抖着。我把头低了下来，看见她搭在桌沿上的两根手指不停换着位置交叉着。心“咚”的一声撞在了胸膛上。

“怎么不说话了？”她轻轻笑起来，然后顺势抬起了头，迎上了我的目光。

“没有。”我随口应了一句，把头埋进了装着“卡布基诺”的巨大咖啡杯里，嘟着嘴吸光了漂浮在最上面的一层泡沫，然后不知所措地带着满嘴泡沫抬起头来。她突然“扑哧”一声笑开了，捂着嘴，眼睛眯成了一条缝，悦耳的笑声从指缝间断断续续地传出来，把刚刚沉默凝聚成的尴尬都慢慢推开了。

暖暖的阳光从一旁的落地窗柔和地洒了进来，有些落在了她身上，乌黑的头发立即就成金黄的了，还把她的笑声一颗颗镀了起来，滚落到桌上，地上，还有些落到了咖啡里。还有些阳光搭在了我肩上，轻轻地推着我。

可我还是不知道如何开口。

她慢慢收住笑，望着我好久，想到了什么似的，说：“你以前在她面前总是干这种傻事。”我看见她的眉头微微皱了一下，然后感觉到自己也做了同样的动作。

“我记得，有时候上课的时候，你会突然‘刷刷刷’写下一个句子，然后把它从本子上撕下来紧紧攥在手里。”勺子刮擦杯壁的“嚓嚓”声又响了起来，“之后你就再也不会好好上课了，你会坐立不安，眼睛总往一个地方望。”

其实如果她再专心一点，而不是两眼无神地朝着我——仅仅是朝着我讲话的话，她会发现我现在就是这样的。心里有个声音喃喃地说：“今天也许不合适吧？”

“下课铃一响，你就抓着那张纸飞到她身边去给她看，蹲在她旁边盯着她的眼睛。”她边说边点了点头，好像要确定就是这样。“在那里叽叽喳喳地，说着别人都听不懂的话，‘咯咯咯’不住地笑……”她的头又一次低了下去，长长的睫毛几乎遮住了眼睛。

我呷了一口咖啡，本来热乎乎的咖啡已经凉了不少。全身的每个细胞都想离开了，我正在想究竟是什么原因使我做了这件事的。但我又一次看到了她在桌上交叉的手指——像一盏红灯，叫我别走。

“每个人，班上的每个人都知道你们的事。这也许本来不是什么好事吧？可在你们身上就成了好得不能再好的事了——因为你们，你们就像……”她顿了一下，“就像本来就该在一起一样。”一滴滴亮晶晶的东西顺着她的睫毛滚落下来，把几根分明的睫毛黏在了一起，“真好啊！”

我看着自己的脚尖，觉得脸慢慢发烫起来。她的每一句话每一个字像一根根刺挑出了我脑里一个个布满灰尘的盒子——这些盒子，为了把它们打开我已经尝试无数次了，有的时候找错钥匙，有的时候却根本找不到钥匙孔。它们就这样散在那儿，掩在黑乎乎的角落里。可现在，她又把它们一个一个挑了出来，摆在了我的眼前。

她好像已经把我忘了，兀自地把记忆中的影像一帧帧地从脑中搬出来用嘴巴和噙满泪水的眼睛重新组织起来，喋喋不休地对我倾吐着。

拥着我们两人以及一整张咖啡桌的阳光，先是一丝丝从她身上抽身出来，又迫不及待地纷纷远离她，朝我涌了过来，可不久便也把我抛弃了。我隔着落地窗盯着已不甚刺眼的太阳，本一句句向我刺来的话语突然就模糊起来，像是隔着窗听到的一样。

“怎么突然就成这样了？”她喃喃着，几个字像雷声一样从远方缓缓滚来，在我脑袋里撞来撞去，我不由皱起了眉头，偷偷瞟了她一眼——她一直低着头，脸上滑满淡淡的泪痕。额前的几缕发丝挂下来，小小的鼻子轻轻地抽动着。

她突然抬起头来，眼神空洞洞地看着我，视线似乎直接把我穿了过去，两只手指仍不停地交替着，像执行程式般又讲了起来。“还有那次周末的晚自修，你们牵着手在小径上走了好久好久，一直到……”她的肩膀突然控制不住地剧烈抖动起来，拼命憋着泪水，哽咽地继续说，“到熄灯铃响了，才一起疯跑回去。你说……”她眼珠中突然泛起了一丝亮光来，像夜空中的星星一样闪个不停。闪动着，向我提出一个又一个问题，迫切地推着我自己去寻找答案。阳光突然直直地射进眼睛，在脑袋里钻来钻去，直到找到一个合适的地方才慢慢消逝，在里面发出来一阵很轻柔的刮擦声——像是钥匙终于滑进了钥匙孔。

“……多么甜蜜的事。”

她的眼睛渐渐明晰起来，分散的注意力一丝丝凝聚回我身上……

一篇无意义的自我发言

李金陶

轮到我了，那，大家好，很高兴在这里发言，我没有什么教授博士头衔，也不是什么事件人物爱好者。我来到这个交流会只是单纯想听大家聊天。首先我很佩服大家。在别人眼中你们或许干着些没有意义的零碎杂事，但是你们的确挖掘出了真相，至少是蛛丝马迹。你们或许以为我托大了。既然每个人有一个半小时的主题发言，非常冒犯我这次没有带什么主题或者物证来，我只想占用大家一个小时的时间来讲讲我自己的故事。这些事，像大家的论文一样，对普通人来说就是废纸或者天方夜谭，我像大家一样孤独，一样埋在过往的纠缠谜团里。希望大家有耐心去倾听我的故事。也感谢我的好朋友D博士的盛情邀请。

这个故事从哪里开始呢，就从看电影开始吧，不知道从什么时候开始我养成了一个习惯，我喜欢在周一周二去电影院看电影，我看过很多电影，额，怎么说呢，我第一次看电影是在中国上海的法租界，租界这个东西我想我也不用给诸位做什么详细解释。在座许多学家都背过一些历史条文类的资料，我当时在一个法国人开的咖啡馆做侍应生，因为我法语说得好，我第一次看到那个玩意儿完全被那种变幻的影像迷住了，大家别笑。我的确看起来不像从那个时代活到现在的人。我知道这很荒诞，请大家允许我将我的经历讲下去。我在结尾会和大家集中讨论我所叙述的一些事。

当时我简直要被这个新奇的玩意儿迷死了。我辞去了在咖啡馆的工作，买了一张去马赛的船票，然后辗转到了巴黎。那个年代顶着我这么一张黄色面孔做许多事情都极其麻烦，而且当时的欧洲也不太平，但是经过努力我还是从卢米埃尔那里学到了摄像术，还是从咖啡店侍应生做起。在巴黎那段时间简直可以用梦幻来形容，你从没有见过那么多聪明的脑袋汇聚在一起。之后的事情大家都知道，欧洲战事一开我就坐船逃到了法属印度支那，然后在那里学了一口越南语，换了一个南洋侨民的身份回到了上海。

我从事过关于电影的各个行当，当过导演写过剧本，兴致来了就亲自上阵当个演员。20世纪那个年代是战争疯子的年代，从世纪初打到世纪中叶，我厌恶战争，也厌恶什么政治目的，很不幸整个20世纪都是被这些玩意儿充斥，大约是30年代那些中国的政治活动家开始入侵电影界，纯洁的电影被政治化得厉害。其实在20年代美国昌盛的时期我就产生过去美洲看一看的想法，但是当我于萧条的30年代到达美国时发现这里的一切要比那个20年代更为有趣，那个被无形的金融击碎的文明仿佛到了末日，又以自身独特的生命力顽强坚持没有出现什么动乱，但是要在当时的美国生存是一项无比困难的任务，我顶着一身黄皮肤在北美简直寸步难行。大片厂把控着电影生产，对我一个陌生的黄皮肤关紧大门。而且人力成本低得可怕，农场撂荒工厂倒闭，咖啡店当然的各种倒闭没有让我去做侍应生的机会，我所擅长的两项营生根本没有活路。我一路在美洲漂流，交通工具虽然没有之后的格瓦拉的摩托车骑行那么酷，但是我走的路程要比那个极端的家伙长得多。30年代后期我来到了阿根廷，当时的阿根廷军政府文官政府交替执政，政变、暗杀，政治上一片动荡。但是下层反倒一派安稳。该牧牛牧牛，该做弥撒做弥撒，我在阿根廷的草原生活了很长时间，大把的空闲时间用来牧牛耕地阅读思考听唱片。之后的那个整个世界都在打仗的40年代于我没有半毛钱关系。很抱歉我难以承受与战争有关的事物，关于战争我总是有着敏锐的嗅觉，动辄数千上万人死亡的事物最好还是敬而远之。

之后的我？在阿根廷待到70年代，美国的新奇玩意儿越来越多，禁不住诱惑……所以，现在，我就在这里。我爱美国。上帝保佑美利坚。我爱新奥尔良的爵士乐，我爱纳什维尔的乡村之声，我也爱三藩市的摇滚，好莱坞的超级英雄和音乐录像带，你永远不知道这个国家共容的种种文明接下来会爆出什么样的新玩意儿。这里永远引领世界这是毫无疑问的。

但是这事情太过荒诞，可信程度大家可以依照自己的判断力作出判断。我只是在讲述故事。

整个族群自从人类存在就有记载，称自己为“见证者”。人类的历史记载里有很多蛛丝马迹能找到族群长久生活的痕迹。一开始当作是神仙崇拜，之后就彻底被当成异类。总之你们可以想象一旦公众知道这个族群之后的反应，天啊这个家伙诞生的时间比耶稣诞生还要早，天啊这个家伙自称跟随过先知，天啊这个家伙声称某个大英雄是个色鬼，天啊这个家伙一旦生长到壮年便不再衰老青春永驻，你可以想象，历史学家、生物学家、宗教团体、医药公司，这个世界简直会爆炸。一条被族群所有人认同的共识是远离人群。身为见证者你不得不离群索居，定时或者不定时变换身份周游于各个文明。长久的生命积累出丰富的认知模式与学习能力，或者称其为——智慧。就算不依靠智慧，花费长久的生命用于积累，得来的财富足以让每个意图享受物质见证者生活富足，而且是远远超过生产力最高水平的富足。有的见证者组成团体，外界有很多他们的外号什么共济会骷髅会之类的，其实这些组织一开始只是见证者之间的信息情报交流组织，然而由于见证者之间对于族群的共同理念有巨大的差异，带有不同理念的见证者开始组成各自有共同价值追求的集体。金钱，权力，被垄断的科学真理，复杂的工程设计制造技术。那些积极入世贪恋各种尘世繁华的，总的来说，跟我这类的见证者完全相反，当然他们尽量用各种方法来掩饰他们长生不死的现实，就像，怎么说呢，我记着有一种鸟类，一旦有个体被老天眷顾长出鲜艳的羽毛，那么别的平凡无奇的鸟类会排斥这个幸运儿，甚至结起伙来撕咬幸运儿的皮肤羽毛，这样说来被老天选中的特殊简直是灾难。我的那些可怜的玩脱的同类里，有被当作魔鬼烧死的，有被一些煞有介事的科学家囚禁起来当作小白鼠长久研究生活习性的，有的直接被开膛破肚用来研究生理构造。那些权力滔天的总会找一个代言人传声筒之类的，然后把自己隐藏起来。那些人聚成的团体，的确左右了人类的进程，历史的科技的什么的。但是我完全想不通，无论是所谓的更好的社会组织形式，或者是所谓的更好的生产组织形式，更优的伦理关系，更先进的生产技术，对于一个作为有着最普遍的价值取向的人类意义究竟在哪里。哦我忘了所谓的价值取向也是有着所谓的优劣的。每个人作为一个单独的个体总是趋利避害，不自觉的选择让自己活得身体愉快更能使自己内心安定。每个人归结到底总是有着所谓不同的价值取向，这些取向哪里分得出来优劣。强加优劣只不过是一些人自我感觉过于良好了吧。

像我这样的闲云野鹤，我们族群里大部分人其实生活状态都跟我差不多。过若干年就会变换身份变换住地。地球是圆的我们早就知道。在喜马拉雅山尼泊尔那边有一个老人开了一个小馆子，这个地方有个名字叫留言地，说起留言地这个东西很早就存在。奥斯曼之前一直是在中亚的丝绸商路上，毕竟那个时代交通很成问题，有统计知根知底的守望者本来就少，那些关于战争瘟疫这些见证者最敏感的信息交流起来就更有必要。奥斯曼之后水路兴盛，留言地就设在了印度。古代留言地的主导一直是阿拉伯人，谁让他们生在大陆中间，到了现代也顺应潮流主导的是盎格鲁-撒克逊人。我们会有定期的聚会。当然到了现代留言地分裂那些有所谓大雄心的人脱离了出来去做他们以为的指引人类的重任，我们这些闲云野鹤的聚会反而成了讲述见闻的扯淡谈天，气氛倒是跟你们这个死磕历史的学术聚会差不多。

怎么说呢，我常常有这么一种感觉，我像是上帝选中的小白鼠，被单独培养在一个玻璃器皿里，普通众生被堆在一个大的玻璃鱼缸里，我能看见他们互相倾轧成片死去或是痛苦地被岁月折磨终日生活在死亡的阴影里。而我被迫眼睁睁地看着那个大器皿里众生的长久痛苦或短暂快乐。长久的生命于我是痛苦，我经常会周期性的产生轻生的念头。长久的缺乏深层次的沟通，长久的煎熬于自我对话，不敢尝试与人的普通情感，因为那注定被岁月夺走。而每一个见证者灵魂都差不多的苍老，苍老又不受控，藏了太多故事。心里的防备与不安全感使见证者之间的爱情脆弱易碎。与普通人的爱情也不轻松，而对方年华老去自己面容丝毫不变无疑是对对方的不公平。人的衰老总是从身体开始，当你从你的身体反应里得知你日渐衰老精力不再，才会从内心里产生衰老的感觉。一个苍老的灵魂面对另一个总是年轻的灵魂，不安嫉妒猜忌，一切一切负面情绪会伴随那个爱上见证者的可怜凡人整个老年。等那个可怜凡人撒手人寰，灵魂的折磨会随后伴随被嫉妒的被上帝选中的可怜小白鼠。

孤独，不被理解，无法诉说，无从说起。每个见证者都是一个被岁月的潮水冲刷扭曲的嶙峋白垩崖，守望在漫长的海岸线。我尝试过写作，每每写下一个开头便搁笔。任何语言无法描绘我当时或此时的心情，任何意象，隐晦或浅显，任何故事，平淡或曲折，语言文字于我是感受的枷锁，而感受这个东西于人是深海难寻知音。我，不知道继续活下去的意义，生命本身的目的和意义自我送走我的第一任妻子时我就在思考，几百年过去这个问题越来越复杂。还好人类的本能是求生，这个本能越来越深植我的骨髓，这项技能我运用地炉火纯青，出于社会性的尊严可以抛弃不顾，责任于我更是枷锁。我是可怜的小白鼠。漫长的生命是源于人性里求生的上帝指定的原罪，漫长的存在和旅行是我为人类背负的赎罪修行。

你们都是历史学家，历史对于你们来讲或许就像是从一堆残缺的大书里深度索求相互对证，你们对此乐此不疲，而于我或许是树生长的年轮一样的存在吧，浩如烟海地曾经被写到我一个人的身上，被写到我们身上。我摆脱不了这种诉说的欲望，而每每这种诉说的开始就是我自行横切身体对外展示年轮的过程。我见到了，我还活在这个世界上。

我的发言到此为止。大家晚安。

我的爷爷奶奶

左一凡

春节晚会刚开始，对面楼下的那户人家就按捺不住，成片的爆竹噼里啪啦地响起来。那是一户外地人家，总要在这时候热闹些的。我被震得听不清节目，索性把外套给小表弟罩上，“走，跟哥哥下楼！”

记得那天翻看小时候的相片，年味儿很重，张灯结彩。我家住五楼，窗户外面是一片毫无遮挡的天空。窗户旁有根晾衣服的绳，上面挂了个彩虹色的纸灯笼，爷爷抱着我够。奶奶躺在床上看着我俩，笑得失态。

我在楼下放花，看红色的、黄色的、紫色的、绿色的光接连映在我们家的窗户上，莫名地腾起一股成就感。上楼脱了外套，跑到屋里跺着脚问我奶奶：“你看见刚才外面那花没有？我放的！”奶奶笑着应，说好看。又说，真该让你爷爷也看看。

爷爷坐在旁边的沙发上，穿着暗灰色的宽大睡衣，迷迷糊糊地看电视。他的眼睛隐在皱纹之中，几乎看不出是睁着，还是闭上了。

我回客厅，拿起手机刷微博，不时瞄几眼电视屏幕，好跟上网友吐槽的进度。小品过后，是个舞蹈，我便准备回房拿些吃的过来。一起身，看到奶奶。她小半个身子还在门里，应该是偷偷等了我一会儿的样子。

“孙子，你那手机现在有事儿吗？”

“没事儿啊，你打电话？你打电话拿座机呗。”

“不是，不打电话。你现在没事，是吧？”奶奶用商量的口气确认着。

“没事儿啊。”

“那你那手机能照相吧？”

“能啊。”

“哎，那你过来给我和你爷爷照两张呗。”

“啥？照啥啊？”我这大嗓门儿。

“哎，你先进来……”奶奶用小而急促的声音说着，一边向我招着手，示意我进屋。客厅那头厨房里，家人们正手忙脚乱地包着饺子，谁也没注意到这旁奶奶微微泛红的脸颊。

我跟她进了屋，走在她后面，才发现她身子只到我肩膀位置，都要低着头看她了。她见我把门关好，才从大衣柜里郑重地取出一个包裹。拆开，里面是两件枣红色的棉袄，绣着金色的福字花纹。

“呵，您老人家还预备服装了啊？”

“那当然。”奶奶几分得意。

于是他俩穿上了花棉袄，戴上了红帽子——准确地说，是我奶奶给她和我爷爷穿上了花棉袄，戴上了红帽子。爷爷两年前就糊涂了，天天闹，也骂奶奶，还出去瞎跑。昨天才被爸爸从派出所领回来的他，直到今天早上，还叨咕着要去揭自己的大字报。

好在今晚，爷爷特别老实。

奶奶给爷爷戴了顶深红色的帽子，又给自己戴上一顶线帽。那帽子是奶奶以前织的，波浪边儿，戴起来像个动画片里的小姑娘。

俩老人端端地坐好。我说，就这儿照啊？

“啊？就在这儿啊。诶，要不然你看看，这屋子哪儿好看？听你的！”

我环顾四周，正前方是有些褪色的大衣柜，还贴着保险公司送的福字，怪没面子。旁边，得，还不如大衣柜呢，米色的木床床头还是当年我爷爷打的，油漆不均匀地抹在上面，涂多的地方还有滑落到一半凝固的液体痕迹，在画面里格外扎眼。

咱就不能去照相馆拍啊？

我到底是把这话咽回去了。

“那就这儿吧，挺好的。”

“哎！等会儿！先别照啊！”

奶奶好像想起了什么，她灵活地挪动着有些虚胖的身体，好像是生怕我不耐烦一样，颠着步子从柜子上拿下束饱满的大红假花，又颠颠地回到原位坐好，抹擦抹擦自己的棉袄，又扒拉扒拉爷爷的领子，舒展了一下五官，满意地看着我。

“行，那我照了啊。”我举起手机。

“哎，能洗吧？”

“过完节就洗！”

奶奶这才用另一只手扒着爷爷外侧的肩膀，咧了个大大的笑脸。

“照吧!”

盛开的艳阳

罗钰昕

高三那年的某一天晚上，鸿宇像往常一样，穿着一件已经大到能装下三个人的白色背心走进了宿舍的厕所，嘴里叼着他最爱抽的爱喜，顺手从门框上摸出了藏在那里的打火机，一边吐着一口烟，一边把厕所的门给合上。他也喜欢在睡前安静地抽上一支烟，这样就可以享受到一天当中唯一属于自己的几分钟。在这一点上，我们难得地达成了共识。

这是我们很久以来的第二次谈话。上一次还得追溯到他做手术之前。那是一个阳光特别好的冬季午后，他围着一条血红色的围巾，像是暴露在阳光下的鲜血，也透露着他内心的无力和绝望。

两年前，他把他的第一次献给了一个大他五岁的男人。他以为这样就可以像用水浇灭火种一样，浇灭他的欲望。但事后才发现整个人像干燥的木柴一样，被越烧越旺。他告诉我："我要在每一座城市洒下我的精液，也算在每个角落留下了一点我无法安放的灵魂吧。"疯狂的欲望和紊乱的生物钟让他患上了一些不可言喻的疾病。所有人都在笑话他，包括我在内。我不知道他为什么要把什么都和我分享。因为我对他一点也不好，还经常玩弄他这个异类，就像班上大多数男生对待他那样。他说：“因为你是我的信仰。”

鸿宇在经历了一次手术后，态度发生了很大地转变。“我到现在还记得当时做手术的感觉。伤口恢复的时候，疤痕的附近会长出很多肉屑，一小块一小块的，然后医生会用剪刀在你身上一小块一小块地把它们剪掉，也不会用麻药。你知道那是一种什么样的感觉吗？整个医院都听得到我的叫声。”

他吸了一口烟。

“我现在算是看清楚这些男人了。一个个的甜言蜜语都是为了骗我坐上他们的生殖器。”

我问：“你手术之后还是像之前那样吗？”

他说：“ 我最见不得我喜欢的人求我。他们一求我，我就会把我的一切都给出去。”

我一直不明白他为什么不肯对自己好一点，他却说：“像我这么脏的人，怎么洗也洗不干净了。”

我很愤怒：“你难道不知道为你的父母想一想吗？”

“我知道，但这就是一个人生的悲剧。我很爱我的父母，那是一种超越生命的爱。但是这样的爱真的很痛。我爸知道真相之后，一直不停地扇自己耳光，说是没把我教好；我妈妈现在一看到我就会哭，她说她想杀了所有跟我上过床的男人。我不想他们为了我而伤心，但这也是他们应有的权利，只是生命的诞生也就意味着离别，人都是自私的。”

“你还记得我上次的病吧，其实那不只是痔疮，那时候已经有些病毒进入了身体的内部，现在又复发了。都怪我太爱我的前男友了。妈的，套都没戴。”

“我又要进医院了，下周一手术。风险还挺大的，搞不好会影响我一辈子。”

我问他怕不怕。

“怕什么，上一次上手术台的时候我已经做好了死的准备了。没什么好怕的。我的身体已经遭受到太多的蹂躏了，两把刀子算得了什么呢。”

“别为我担心，现在有个男的在追我，我感觉他还挺喜欢我的。马上三十岁了，妻子在老家准备生孩子，他帮了我很多，也没有从我这里要求得到什么。感觉他不是那种为了我的身体才跟我在一起的。”

他翻了翻包，发现烟已经被他抽完了。找我要了一支继续点上。

“你一定要过得比我好，你要帮我去把我不能完成的东西完成了；去把我没体验过的幸福体验了；也去把我的梦想给完成了。这样我就安心了，你一定要过得比我好，这样我的苦才没有白受。”

“我觉得我会死得很早，但这有什么呢。我把我一生最美好的时光都度过了，并且我也做了很多想做的事。也爱了，也恨了，什么也都感受过了，我就是要用生命来活出我自己，我真的不怕死。”

我告诉鸿宇他像一朵放肆的花，都可以被拍成电影了。

他说：“我不是花，花是形容女人的，我是太阳。”

梦始梦终

张靖泽

11月的首都没有白天与黑夜，雾霾笼罩着这个人口一千多万的城市，林正阳睁开双眼以为自己醒得太早，可一看手机已经上午十点了，要不是那个梦他可能睡到下午两点甚至更晚，都怪那该死的梦。

宿舍里除了他以外没有人，舍友们好像一直都是各自忙各自的事情。但他很庆幸这一点，终于可以在宿舍抽烟了，如果舍友知道他在宿舍抽烟非杀了他不可。昏黄的台灯下烟雾缭绕，就像外面的天气一样，但可能呼吸到肺里的尼古丁应该比外面的空气更干净一些，所以他哪里也不想去，只愿意一个人安静地坐在宿舍里上网，打开网页后的空洞让他慌乱，因为他自己也不知道上网该干什么，好像他活着一直都是这样……麻木？空虚？林正阳自己也不知道。突然一下子放松下来的感觉既美妙又煎熬，他突然希望周末赶快结束回到紧张的学习中，虽然很被动很慌张，但是自己至少不会闲下来想那些乱七八糟的东西，做那些稀奇古怪的梦。

其实林正阳有时候想他的命也够好了，能考上他梦寐以求的大学，在他的家乡还有无数抱着这样的幻想却最终破灭的青年不知未来会怎样打算，带着这种优越感他来到了北京，来到了这所大学，说实话他很讨厌北京这座城市，就算没有雾霾，鳞次栉比的高楼大厦几乎也要把天空吞噬，但是为了梦想他选择坚持，趁着年轻出去闯一闯也没什么不好。只不过这种可怕的孤独却从来到北京仿佛就没有离开过他，他觉得他对所有人都不错，考虑的也挺周到的，但身边还是没什么朋友，有时候他想是不是忽略了什么，还是哪里做得不到位，想来想去觉得自己还是太矫情了。

出去走走吧，林正阳想，也许不该把这个“美好的”周末浪费在这不到十平方米的狭小空间里。走在北京的街头，来来往往的人依旧是那么匆忙，有时在想他们是否还记得最初来到北京的热血与美好的期望。林正阳也只不过是他们其中的一员，此时他觉得他的胃开始向他抱怨，毕竟在林正阳的生活里是没有上午和早点的，路边恰好有卖煎饼的。“老板，给我来一套，加个排叉加份卫龙不要榨菜多放葱花。”“得嘞！”林正阳正思考着一个问题，北京的煎饼怎么会加榨菜。一个熟悉的身影从他面前疾驰而过，这时听到有人大喊“你个贱人，别跑，还我钱包！”林正阳身体仿佛不受控制地也追了上去，这个小偷的背影真的和她很像，追到这条路的尽头，那个小偷顾不上那么多横穿过马路，这时正是红灯，一辆马自达疾驰而过，小偷愣住了，腿不听使唤地站在原地，马自达的司机想要刹车已经来不及了，也许是一种本能吧，林正阳大跨步极速冲刺飞奔到小偷面前，飞身把小偷推开，眼前就一片昏暗了。

“尹雪莹有新男朋友了！”这是学校里最近传的最多的八

卦了吧，为什么说“新”呢，因为前一任正是林正阳，林正阳论长相虽不是校草级别但也算鹤立鸡群，尹雪莹是林正阳的同班同学，于是他们在一起了，为什么呢？林正阳自己也不知道，感觉？缘分？内心空洞?无论是什么，他只知道自己真的很爱尹雪莹，他可以为尹雪莹付出他所拥有的一切。但他觉得尹雪莹的心总是和他的心有一段距离，他一直想尽可能维持住这段感情但最后还是于事无补，尹雪莹提出了分手。“我爱你，但我们不合适，你跟我在一起很痛苦，我不要你那么痛苦，我们分开吧……”林正阳这辈子从来没有这么卑微过，因为爱一个女人，他一直祈求尹雪莹回到他身边，但无论怎样，他都像个小丑一样。尹雪莹与他分开后依旧每天过得那么快乐，自由，比和他在一起时还好，这让他觉得尹雪莹可能从来都没有爱过他，只不过是在尹雪莹最空虚最无助的时候出现了那么一个人来爱她，现在她不需要林正阳了，所以就离开他了。每当想到这里，林正阳的心里就像正在被人钉钉子一样，他恨尹雪莹因为他实在太爱她，也恨自己为什么总放不下她，他想也许有一天不爱了也就不恨了吧。他看到尹雪莹和另一个男人拥抱亲吻，尹雪莹笑得那么开心，比和他在一起更快乐，他冲上去想揍那个男人……

“这是哪里……头好疼。”林正阳缓缓睁开双眼，他的脑袋上缠着绷带，躺在医院的病床上，旁边一个女孩趴在他旁边睡着了。该死！又做那个梦了，她是谁？林正阳想，女孩睡得那么安详，像婴儿在摇篮里一样。林正阳不舍得把她吵醒，静静地回忆着发生了什么事。“对了，我的煎饼还没拿呢！钱都付了。”林正阳心想。哎……说到底他终究是个屌丝。

过了一会儿女孩醒来了，看到林正阳一直发呆，焦急地问道：“你还好吧？记得自己叫什么吗？”

林正阳回神，“啊？哦，嗯。”

女孩看到如此敷衍的回答，顿时火冒三丈，“老娘在这儿守了你一夜！就换来你三个字！你还有没有点良心呀！要不是你，那单生意我就做成了！你说！你怎么补偿我的损失？！”

林正阳看到女孩的反应感觉很诧异，“明明是我救了你好吧，你吓得连腿都不能动了，要不是你我能变成现在这样吗？没良心的是你吧！”

女孩顿时说不出话了。

林正阳为了缓解尴尬的气氛接着问道：“哎！你怎么没被追你的人抓住？”

女孩鬼魅地一笑，“那个人啊，你出了事后我不能丢下你不管吧，就在他快追上我的时候，我把他的钱包扔到一辆正在前行的公交车上了，他顾不上找我算账，就又去追公交车了，哈哈，我是不是很机智？”

林正阳笑了笑，“说真的，你以后改行吧，这行你一个小姑娘做不来的，找一份正经工作吧。”

“你这个人怎么和唐僧一样？！我的事你丫管得着吗？狗拿耗子，赶紧养好你的伤，该干吗干吗去！真以为我会大恩大德地供着你啊！我替你出了医药费就不错了！”

林正阳心想，也是，萍水相逢的，没必要，但是她的背影真的很像尹雪莹，要不然可能自己也不会有那样不要命的举动。

女孩又开口了，“我叫李乐冉，你叫什么名字？还有，你为什么要救我，是不是垂涎我的美色？”

林正阳一下被她问懵了，赶紧答道：“我叫林正阳，为什么救你……你从我的名字就能发现吧，我是个正直阳刚的人！就你？还美色，我还是再睡会吧。”

林正阳说着就要昏睡过去，医生这时进病房说：“林正阳对吧，算你命好，被车撞了说话还这么有精神，没事儿，就是轻微脑震荡。幸亏当时车开得不快，要不然你就该去见耶稣了。下午准备出院吧！”

林正阳松了一口气，幸亏没事，明天就周一了，学校请假很麻烦，而且他也不想耽误课，早点回去还能看个岛国电影什么的。

出院后，两人走在林正阳回学校的路上，走到校门口李乐冉说：“把你电话给我吧，我没别的意思，你可别想太多，我欠你个人情一定会还你，以后有事只要我能帮你你尽管开口！江湖义气嘛。”林正阳对这个小姑娘感到很无奈，于是二人就交换了电话号码。李乐冉说还有事就先离开，林正阳看着李乐冉的背影视线又模糊了起来，和尹雪莹离开时一模一样，两个人的背影太像了，心莫名的像被蚂蚁在撕咬着，他还是忘不了尹雪莹。回到宿舍林正阳感觉头还是很晕，就又躺在床上大睡过去。

下课了，尹雪莹和几个同学走在回宿舍的路上，脸上流露出阳光般的笑容。林正阳仿佛永远活在她的影子里的人一样。其实林正阳有时候想想自己真的很可笑，在一起才不过两个多月，就对这个女人爱得这么深。尹雪莹也曾向他说过，“你没你想的那么爱我，我们才在一起不久，忘掉对方很容易。”他觉得她说得很有道理，但是事实上尹雪莹做到了，而林正阳自己却没有。看到尹雪莹过得那么快乐，林正阳感到很受挫，很气愤。有时林正阳觉得自己是不是太狭隘了，分手后不应该祝福对方过得比自己好吗？可是他又觉得尹雪莹把自己对她的爱看得跟垃圾一样，好像没有存在过的东西。想到这里他还是很愤怒，可能他从来没有对一个人这么用心过吧。

林正阳走到林雪莹面前，旁边的同学们愣住了，尹雪莹先开口对她的闺蜜们说：“你们先走，他好像有话要对我说。”

只剩他们二人时，林正阳质问道：“我对你来说算什么？你要我要得很爽是吗？没有我你过得更好，所以我在你眼里就是垃圾对吗？”一连串的问题，尹雪莹什么都没有说，只是面带微笑地听着，之后爽朗地笑起来。

来电的铃声把林正阳从梦中叫醒。“妈的！怎么每天梦里都会出现这个女人！”林正阳醒来后愤懑的嘟囔着。拿起电话是李乐冉打来的，约他一起去走走。

离上次见面已经过去一周了，在他的生活里除了中国联通给他发短信或打电话之外，反正自己也没什么朋友，就跟她出去走走吧，林正阳心想。见到李乐冉，林正阳发现她的嘴角有一块瘀青，话刚到嘴边想想还是不要问比较好。两个人走在北京的天桥上，看着川流不息的汽车，在这嘈杂的城市里，两个陌生的心彼此陪伴依偎着。林正阳点起一根烟，可能烟是他最好的朋友了，李乐冉也要了一根。烟丝的燃烧就像青春的流逝，烧到尽头就灰飞烟灭了。天桥上走来三个人，其中一个看到李乐冉后就边向前跑边大叫："臭婊子别跑，让你偷老子的钱包，今天抓住你非干死你丫的。"李乐冉拉着林正阳的手立刻逃走。两个人穿梭在北京的大街小巷中，林正阳感到很快乐，当时尹雪莹就是这么拉着他赶着去酒吧听茉莉僧的演唱会的。跑到一个胡同里的时候，李乐冉实在跑不动了，就停下来休息，可是也不知道怎么回事，后边那三个速度如乌龟的人居然没跟丢，也许这就是龟兔赛跑的道理吧。

林正阳曾经练过一段时间散打，需要发泄最近消极的情绪，正愁没人收拾，总跑也不是办法，胡同里也没别人，看着李乐冉惊慌如即将入虎口的小鹿一样，他明白了她嘴边的瘀青是怎么回事，同时体内的战斗基因也活跃起来。十五分钟后，那三个人四仰八叉地躺在地上呻吟着，李乐冉也扶着林正阳狼狈地消失在胡同的尽头。

"傻逼，你干吗跟他们硬来啊，他们三个人你就一个啊。"李乐冉埋怨地说。

"总这样逃跑，永远解决不了问题啊，不如来个痛快的，以后他们还会找你麻烦吗？再说，我这不是好好的吗，哎哟，你轻点！”

刚才的恶斗中，一个人攻击到林正阳上次车祸留下的旧伤，头顶的伤口在这次打斗中再次开裂，李乐冉从路边的药房里买了纱布和酒精，找了一间酒吧坐下给林正阳包扎。包扎完之后李乐冉说：“陪我喝一点行吗？”

“我刚想说这句话，毕竟能麻痹我现在的疼痛，不过你请客，这次纯粹为了帮你！”林正阳以高傲的姿态回答道。

“你一大老爷们怎么这么抠啊！是男人吗？算了，看在你受伤的情况下让你一回……”李乐冉要了两件啤酒，两个人从马克思敬酒干杯开始一直敬到了习大大，两件啤酒下肚后林正阳觉得伤口没那么疼了，可李乐冉已经醉得不省人事了。没办法林正阳背着李乐冉走出酒吧，一直走到长安街的路灯下。

李乐冉开始吐了，吐了林正阳一身。李乐冉酒醒看着被吐了一身的林正阳，笑了一阵说：“抱歉，实在抱歉，我又欠你一回。我会还你的，你能陪我去一个地方吗？”

两个人打车来到一座教堂，李乐冉在教堂内对着十字架上的耶稣虔诚地祷告着，像一个圣洁无瑕的天使一样。其实李乐冉的模样不差，杏仁色的皮肤，鹅蛋形的笑脸，清澈如深井的双眼，还有像尹雪莹一样曼妙的身材，只是林正阳之前没注意罢了，他的眼里和心里都只有尹雪莹一个人，所以他很少关注别的女孩，但是他认真看李乐冉祈祷的时候，也不得不为李乐冉的容貌所赞赏。

“好啦，不早了，我们该各回各家了吧，我送你吧，这么晚你一个女孩子不安全。”两人从教堂出来林正阳说道。

“我没有家，过去有，现在没了，找个落脚的地方吧，我想和你说说话，你还不了解我。”李乐冉的酒劲还没过去，走起路来还晃晃悠悠的，没办法，只能把她先安排到宾馆了。

林正阳把醉醺醺的李乐冉放在宾馆的床上后，就打算离开。可一看表，已经凌晨一点了，宿舍早锁门了，他也没地方住，只能在这里将就一下了。想到这里，林正阳发现自己的酒劲也没过，就直接躺在床上睡了过去……

第一次和尹雪莹开房的时候，林正阳很紧张，他还是个处男，但是尹雪莹很主动地把衣服都脱下，开始抚摸他，只有在那时，林正阳才感觉尹雪莹是爱他的，他们疼爱着对方，抚摸着对方，回应着对方，那种感觉真的很美妙，每次结合之后，尹雪莹都会乖乖地躺在林正阳的臂弯里安静地睡着，轻柔地呼吸，像一只熟睡的小兔子。林正阳感觉他们是一个人，他心里暗暗发誓要用一生去疼爱这个女人，给她自己所拥有的全部。林正阳就这样紧紧抱着尹雪莹满足地睡过去，他希望可以就一直这样抱着她，一辈子就这样抱着她。

林正阳缓缓睁开双眼。

“又梦到她了，我会出现在她的梦里吗？”待他完全清醒之后，发现梦中的情境正出现在他眼中。“难道我还在做梦吗？”林正阳想到。

“不可能啊，这是怎么回事！”他轻轻抽动了一下搂着她的左臂。

“你醒了？”她开口了，侧过身来，是李乐冉！

林正阳感到有些混乱。“昨天晚上都做什么了？我只记得自己连大衣也没脱就直接睡着了，梦到和尹雪莹第一次开房的情景……难道我和李乐冉昨天……”

李乐冉很从容地说：“我是自愿的，是我主动给你的，我喜欢你，从你在马路上救我的时候我就喜欢上你了。”

林正阳听得有点发蒙，李乐冉点起一根烟，说：“我妈生下我的时候就难产死了，妈妈走后，我和我爸还有外婆一起生活，我爸在我妈走后萎靡不振，工作丢了，就跑去赌，赌完了就去喝酒，每天回来都醉醺醺的，看到我就说是我害死了我妈，然后就拿皮带抽我，外婆拉不住他，没办法，我能怎么办呢？”李乐冉赤裸着身体吸了一口烟，“我在童年把我这辈子的眼泪全流干了，所以不管再难再苦我都不会哭出来的。后来因为赌博负债太多，我爸实在扛不住，就跳楼了，债主看到我和外婆的窘境实在可怜就不了了之了。就这样我和外婆相依为命地过了18年，去年年底，外婆实在熬不住了，昏倒在厨房，去医院一看——肝癌晚期，化疗和手术的费用太高，我没办法，把家里房子卖了，可还是不够，我就去偷，恰好那天遇到了你，从来没有男人为了我可以连命都不要，你是第一个，所以，我喜欢你。”

林正阳的心情很复杂，他不忍心告诉李乐冉救她是因为她的背影太像尹雪莹，自己对面前这个女人真的一点感情都没有吗？还是她只是尹雪莹的替代品？

李乐冉接着说："前天早上，外婆还是没扛过去，找我爸我妈去了，葬了外婆，我觉得这世界上只剩我自己了，所以，对这个地方，我也没什么留恋的，只想再见你一面，我也不奢望和你在一起，只想把我仅有的一点点东西给我爱的男人。"

李乐冉拿起林正阳的手机，删掉了自己的号码，说："忘了我，就当我没出现过，我会离开北京，找属于我自己的生活。"

林正阳听了李乐冉的这些话，感到心中莫名地凄凉，但他应该说点什么好呢？"对不起。"林正阳说道。

林正阳送李乐冉坐上开往云南的火车，走前李乐冉紧紧地抱住他，林正阳感到胸口湿湿的，热热的，他心里都明白，他多希望李乐冉是尹雪莹啊，至少这个女人会为他流眼泪。

就这样李乐冉走了。额头上的伤口好得很快，一点疤都没留下，李乐冉仿佛从未出现过。尹雪莹和她的新男友每天出双入对，对林正阳丝毫不避讳，林正阳已经麻木了，他再也不敢轻易地爱一个人了，很多人说他幼稚，觉得他可笑，把感情看得那么重，让他现实一点，合适就在一起，不合适就分开，好聚好散，他真的很讨厌这些人，不是没经历过就是冷血动物。如果不合适却爱了怎么办，他永远做不到把感情看得那么轻，如果这是幼稚的话，林正阳会幼稚一辈子的。

一阵刺耳的噪声在林正阳脑中回想，噪声的名字叫闹铃。林正阳醒了，摸了摸自己的头，他在床上坐着发呆，回想着梦中的画面，马路，李乐冉，酒吧，教堂，火车，一切都是自己在梦里捏造的，尹雪莹也没交新男朋友，但他们的确分手了，他的身边还是空无一人。

孤单是一个人的狂欢，他点起一根烟，默默地回想着梦中的画面……

寻

王润泽

周末的午后到傍晚我总是在地铁里度过。

穿过面无表情的人群，踩着悠长悠长仿佛是通往另一个世界的自动扶梯，看着飞驰而过的广告牌神奇地连成动态的画面……

车厢中总有情侣的缠绵私语，总有大妈大婶肆无忌惮地家长里短，总有中年大叔微醺的鼾声，总有笨重陌生的大件行李箱，总有巨大的手机屏幕中播不完的韩剧，总有快乐、悲伤、欣喜、失望、期待……都像看不见的分子，在这样短暂而封闭的时空里碰撞。

我不干什么，什么也不干。发呆，我丝毫不知道自己在想些什么。观察，我不会记忆眼中看到的画面。我更想说我在寻找那些分子的碰撞，我觉得这里是个太有意思的地方。列车在高速行驶，空间却好似静止，连时间都像是被压缩了，你可以感觉到它像液体一般在管道中流动。

我愿意耐下心来组合这一切。身边的陌生人，眼前的物品，耳边的声音，分子一样的正在碰撞的情绪……它们都在瞬间钻入我的脑中，产生一个又一个故事。

有一天，我忽然就坐不住了，我不再满足于故事在我的脑中发生，我想让它有更多的可能、期待，甚至是恐惧。就像充满未知的明天对于今天的你即将到来。

你总会在人群中发现那个身影，让你的眼神无故停留，我试图抓住这一瞬的不一样。我开始跟踪那些我觉得独特的陌生人，不是因为他们真的很不一样。残疾、美丽、衣着奢侈、格格不入……都不是，我只是相信在那个特殊的一瞬我抓住了他或是她，这无分性别，更难以解释我自己的选择。

我只是一路地跟下去，没有什么不良的目的，不企图与我身前的这个人搭讪攀谈，不渴望得到关于他或她确切的个人信息。我好奇的只是，当他或她吸引我跟随时，在变化的时空中，会发生怎样的故事。而现实中的故事与我脑中的猜想又会有怎样的碰撞？

就像我凭借身影在脑中的感觉猜想他或她是下班匆匆回家的工薪阶层，而他或她却走进了一间咖啡馆坐了下来。我继续猜想这会是他或她的某种习惯还是今日有特别的约会？随着我的期待和时间的静静流逝，现实又会给我答案。

正常的人绝对会认为这是再无聊不过的游戏，我承认我也不是一个精神病患者。我只是觉得生活本身才是无聊透顶的。既定的规则，三点一线的轨迹，虚假的面具，迎合的笑脸……并且在一直不停地重复重复，明天对于今天的我们早就失去了原有的意义。可能、期待、恐惧……由未知带来的情感我察觉不到。

我的跟踪本是随机的，我也很少重复跟踪一个人，我不喜欢重复。但直到她的出现。她每每都很准时地出现在车站，当我站在那儿等下一班地铁时，她总是已经站在了那里。

我承认我初次注意到她是因为相貌。当时我只是转头去看列车进站时一闪而过的车头，她站在与我隔着一扇门的地方。

车灯从深邃的黑暗中模模糊糊地亮起，人群成了虚无的焦点，在她的身后如霓虹般悄然涌动。长发被微微吹起，白皙的侧脸，淡淡的眉，她抿起双唇，将眼睛眯成恰到好处的弧线。带着大大兜帽的米色风衣被微微吹起，白色的毛衣在胸前显露出恰到好处的弧线，她轻轻地弯曲膝盖，棕色的短靴在地上微微踩动，我想她是在期望列车快些停下来，吹过的风让她有些招架不住。

我总以为女孩儿的美不在于模特般的三百六十度无死角，而是在她低头、微笑、眨眼、咬嘴唇、打喷嚏、梳头发、系鞋带的瞬间，这些动作极小，极普通，但唯有她做得不同。

那天我选择了她。她在蓝色的环线上坐了大约五站，然后换乘红色的最老线路在博物馆站下了车。我跟着她走进博物馆，但她绝不像来参观的。她从入口笔直地向前走去，眼神不在任何一幅画上停留。当走过一个拐角后，我看见她站立在一幅红色的画前。她盯着它看，我站在隔着她两幅画的地方。我的面前是一幅蓝色的大海。她不像是在欣赏那幅画，她就是面无表情地死死盯着它，不论我怎样观察却丝毫感受不到她的周围有何种分子似的情绪在碰撞。我开始好奇那幅画。

不知道大约过了多久，当我从蓝色的海面上收回视线再一次重新望向她时，她已经离去。我环顾四周，依旧不在。但我强烈地肯定，她是刚刚离去，米色风衣下摆带动的空气流动像是刚刚经过我的身边还没有散去。我来到那幅充满红色的画前。那是红色的大海，海洋几乎占据了画面的全部，正中央是一轮小得可怜的太阳。我不知道是日出还是日落，一切都是红色的，虽然太阳的形状是那么渺小，小到不像太阳。

没有镜子，我不知道我看到这红色时的眼神与表情。

但，我想，我与她，是不一样的。

我以为我不再会遇见她除了在梦里。

她开始准时地出现在车站，我总是站在与她隔着一扇门的距离。我开始记忆她的相貌、衣着。她美丽得并不惊艳，唯一让我觉得特别的是她的外套永远有一个大大的兜帽。她没再去过博物馆看那幅红色画，她去过电影院看最热门的电影，去过书店翻看小说最后买了一本字典，还去过水果店、麦当劳和路边的面馆。我记住了她一个月中去过的每一个地方，但我不知道她住在哪里。每一次她离开我的视线消失的时机总是恰到好处的，就像故事中既定的告一段落。疑问、好奇、期待……但你并不着急，因为她就在那儿，等到下次你再去翻开，故事仍旧惊喜地进行着。

天气开始变得有了说话时的哈气，周末午后的最后一缕阳光也变得越来越没了慵懒和温暖。我顶着寒风像逃似的钻进了地下的世界，只是逃跑的时候存着一分期待。

她准时地出现，我隔着熟悉的距离跟着她的脚步。只坐了两站，步入繁华的街口，在商场的角落的咖啡馆，她选了一个贴着落地窗的位置坐了下来。匆忙的行人匆忙地行走着，路两边的树早没了叶子，她的视线没有焦点，融在了窗外萧瑟的背景中。

我随便点了一杯，上来的咖啡竟然是精美的花式图案，咖啡豆的样子，下面是品牌的英文字母。我正犹豫是要用勺子将它们打散还是猛地喝一口看它们有什么神奇的变化。

我抬手去拿勺子，只听到金属与地面撞击的声音，我至今记不得那几秒钟的画面。

“你为什么跟踪我啊？”她说。

“我没……没有啊。”

“其实我早就发现了，其实是我先跟踪你的。”

我好不容易抬眼看她近在咫尺的脸，我又一次感觉时间被压缩成液体在我和她两张脸之间的无形管道中流动，冬季午后的最后一缕阳光斜斜地映出那液体中的颗粒，像分子，在碰撞，碰撞。

“其实，你总是在周末的这个时候跟在各种陌生人的后面，并且啥事也不干，我一开始特别莫名其妙，心想世界上怎么会有这样无聊的人！后来才发现自己不也是？没想到你开始跟踪我，而且一跟就是一个月！刚开始我觉得挺好玩儿的，但我今天忍不住了，觉得世界上怎么会有你这么无聊又奇怪的人！”

“那个……我真的没有什么恶意的，不是，你别误会了。”

她笑了，说：“干吗不让这个游戏继续下去？”

她说的话都很轻松愉快，但语气并不像一个还没长大的女生。我不知道她多大，只是话语的内容和她的语气有一种捉摸不透的反差，但又恰到好处。

我们的对话沉默了一段时间，我能感受到彼此都有些好奇心在，但为何都没有开口互相询问，也都没有起身离去的意思。有些时候好奇心在等待的过程中会越来越强烈，而今天那种对未知的探求欲在时间的流逝中一点点减少着。最后她提议去看最新的电影，是个好莱坞的动作片。

我曾想过邂逅，在转角的咖啡店，有一个妙龄女子与你相会，阳光空气都刚刚好，看场电影，吃个饭，聊聊天，甚至于一夜情，更甚至于留下彼此的联系方式，就此相恋。一切都有些相似，但却有着太多的不同。她对于我好像并不那么陌生。

电影院的环境是超出了想象的差，本以为在这样的商业区，电影院总归是高级的，可是座椅和屏幕不协调到了一种境界。我有观影的强迫症，我轻声要求一同换个位置，她答应了。我们坐到最后一排，只能说相比较好了一些，但我仍很别扭。

片头的字幕已经开始了，有人走到我们的位置说是他们买的票。无奈，起身。我早已经没了看电影的心情，径直走到了第二排坐下。片子大约放了五分钟，我才想起来，也许是我对于电影的独特情绪，我竟忘记了身边与我看电影的人是如此特殊。

黑暗中模模糊糊的灯光，我想起第一次看向她侧脸的时候，她真的并不陌生，像一个久违了的朋友坐在我的身旁。她的双眼紧盯着屏幕，但不再像她看着那幅红色的画时的眼神，有分子的碰撞，甚至光影在她浅浅的酒窝中留下的痕迹都能察觉得到。

我竟有些紧张了。因为她的异性？她的美丽？我听得到她带着兜帽的外套丝丝的摩擦声，近得仿佛是小小的精灵站在我的耳蜗对我细细耳语。我以为那声音会越来越近，她会像恋爱中的女孩儿那样靠在我的肩膀？这分明是期待的心情。我不敢再将头转过去看她，拼命用眼角的余光去够她的侧脸。

她忽然转过头来。“其实不觉得很没劲吗？我说电影。”

我承认我的心脏在瞬间又一次坐了一遍过山车。

“那……我们走吧？”我痴痴地应道。

走出黑暗，一口气被长吁了出来。

“现在去哪儿啊？”

我怎么会知道，只顾逃离的我总归没有答案。

我们踩着沉默走出商场。城市的霓虹又一次照亮了黑夜，空气中的分子让人出奇地快乐，冷飕飕的吸入鼻腔，突然变得很是自在。

“去书店吗？我知道一个书店，能看书到很晚。”我竟不相信自己能主动提出建议。

“嗯。”她点头，应得很短暂。

我们又一次钻入地铁。不知怎的我开始蹦出些许话语来，不知不觉越来越多。我说我喜爱看什么书，钟爱怎样的作者，对哪些文人存在偏见，还扯到了我对电影的独特情感和刚才换座位时的别扭感受……她并不一味附和，她也讲她同方面喜爱的。有我未曾看过的书，喜爱的作家也不尽相同，电影倒是全部看过。

等车的时候，我盯着广告牌，我们沉默了一段时间。我没再转头看她。一切好像变得都熟悉、真实了许多。

其实，这是我第一次来这家书店，我凭着偷瞄手机上的地图带她来到了这儿。店面开在一条大路与一条小路交叉的拐角处，地面和地下共两层，对面有一家便利店，与我儿时楼下的是同一个连锁品牌。

我们到店时已经不早了，大约十点半过了。我和她钻入地下一层，先是随意地浏览翻看着。她离我很近，都是在同一个书柜。我没去在意她在翻看什么书，但自己也并未看进去。我忽地看到一本印有家乡名字的书，迫不及待，翻开来，是一本杂文集。我想抬头告诉她我的家乡，那里可说的事还是很多的。

她不见了，我的嘴都张开了一半。

我几乎翻遍了整个书店，除了一楼的女厕所。找不见她。书架上的任何一个字再也无法引起我的一点兴趣。我坐在了书店门口的台阶上，点燃一支烟。是的，我抽烟，只是之前同她在一起时忘记了。

我不知道我是在等待她的再次出现还是在等待我自己将她

的突然消失释然，因为我真的以为她就这样不辞而别了。

台阶前的路面上有黄色的箭头标志，我拿出手机将它拍了下来，一种恍恍惚惚的效果。

“我买了喝的，你喝绿茶还是乌龙茶啊？”熟悉的声音。

我抬头望着她，什么也没说，冷风吹得双眼有些疼痛，大约是太晚了吧。

我接过了绿茶，把烟灭了。“再进去看一会儿吧。”

这种情绪很奇怪，你热切盼望等待的东西仿佛失而复得，但你总忘不了生一些气，即使欣喜仍旧占据了你大半的内心，可总要在言语或动作上做出一些理所当然愤怒的姿态。而我，只是矛盾得不那么明显。

那晚我看了很多短篇小说，只记得有莫泊桑和老舍的一篇，其余就再也记不得了。可能有一天我再看到，会想起是那晚看过的。书店里特别地安静，我们几乎没有再说过一句话。

两点一刻，还差一分钟，她出现在我身边，我并未在看书，正拿着手机。她俯下身子，发梢触碰了我的外套，我又听见了带着兜帽的外套丝丝摩擦的声音。

“其实，我实在太困了，我们走吧。”她轻轻地在我耳边说。

“没有看上要买的书吗？”我不知从哪儿冒出这句。

“没有。”

“那……走吧。”

这一次还未走出书店，我便想到了下一个对话的问题。接下来去哪里。我只是在想这个问题，但并没有去想答案。还是她先开了口。

“没有地方去了吗？其实，我们找一家宾馆，等天亮吧。”

我和她并排躺在床上，隔着恰到好处的距离。

“我很困惑，一切都会好起来吗？”她说。

“不。”我没有思考。她转过侧脸，我听到枕头摩擦的声音。

“会……会好起来的。”我不知为何改口。

“是吗？像你一样？”

我盯着白色的天花板出神，过了多久？

“你越了解自己，越了解自己要什么，你就越不会困惑。”这是我说的话，但我不知道对她还是对我自己。

她开始讲述她的困惑，我想那是她说的话，但她也一定不知道对我还是对她自己。她尝试过写作，拍照，像是奔跑的马，笨拙的脚趾头……

“其实，我只是不知道应该干什么，我太平凡了。”她说着将身体全部转了过来，我听得到床单与她带着兜帽的外套丝丝摩擦的声音。

“平凡也不错，你会开窍的，我不担心你。”

那是电影院中她靠上你肩膀的期待，但绝不是你渴望着她吻上你粗糙的嘴唇。我拼命地想转过身去，静静地端详她触手可及的侧脸，而我只是用余光拼命地去靠近。

时空又一次被封闭，没有了人群，没有了匆匆向前的脚步，没有了楼宇间被压榨的街道。我们在犹豫，我们在矛盾，我们在背叛自我，我们在渴望自我。

她存在吗？

她蜷起身子像一个子宫中的婴儿，我的手触碰着她笨拙的脚趾头。

第二天我走过马路上空的天桥，那是我第一次看到这座城市的太阳在玻璃幕墙上升起。一切都是红色的，而太阳的形状渺小得不再像太阳。

她不在了，我没去寻找。

白面郎君

常好为

一

当石扇飞来的时候，他正拄着剑蹲在地上，没人知道他在想什么。

晚上，裴宣在白蜡中、黄纸上写下了他的名字：郑天寿。

他是梁山上的好汉，他是宋军中的头领，当宋江去攻打祝家庄的时候，他在鸭嘴滩小寨中成为了一位哲人，思考自己，想象事情的另一种可能。

很多年以前，他是一个银匠，也许他那日不该请假去喝花酒，他不请假的话他就不用在另一天去银匠铺工作，他也就轮不上外出购置刻具这样的差事，他也就不用过清风山，一切也就不会发生了。

事实也是这样的，那天早上他拿了一口短刀，带了包裹，到账房先生那提了五十两银子，便向青州城东门去了。在经过一家铁匠铺的时候，他突然想起掌柜的曾经告诉过他青州城外有三山，是强人出没的地方。他看了看自己的短刀，觉得确实不太保险，于是将短刀给了铁匠，又添了几两银子，从铁匠铺墙上并排着的朴刀中挑了一把称心的拿上，又拽了拽装着五十两银子的包裹，从东门方向出城去了。

他一路上都走得很急，并不是怕遇上强人，他常常对其他的银匠说："青州城里能打的，我只没和老慕容的兵还有镇三山打过。"当然也不是为了早日回来交差，若说不是却也是，他想早走完这一遭，回城里继续去喝花酒，昨日他听闻醉花阴来了个波斯女人，很有妙处，他想早日去见识见识。他去喝花酒并非因为他多好色，多图快活，他单是为了听听那儿的女人叫一叫他的绰号：白面郎君。虽说青州城里知道他的人都叫他这个绰号，但那些凡夫俗子如何跟醉花阴的女子相提并论，世人多看的是白面，他心中爱听的是郎君。

他身子已走入清风山，但情还在醉花阴里。

一支箭射在他面前的地上，他紧忙斜跨包裹，握紧朴刀，他知道这是清风山的强盗来了。

事实也是这样的，在大道两侧的树林中，兀地冲出三五十个人，手拿器械。他心中并不惧怕，挺起朴刀便欲冲出重围。一路刺杀过去，也被他搠倒了八九个人，眼看就要逃出生天，却又被一杆枪挡了回来。只见一个身材矮小、体形精干的男子手执一杆铁枪站在大道中央。他定了一下神，拖刀向前再战，那男子却突然开口："且慢，我是清风山二当家的矮脚虎王英，识相的，留下钱财，饶你一条命。"

他仗着有些本领，哪里会理会这些，于是开口便骂："小侏儒，做你娘的梦。"

那个自称王英的矮个子男人也跳着骂："你他奶奶的小

白脸。”

他正在鸭嘴滩小寨中专心致志地打制银项圈，想到这里，也不禁放下了手中的活计，大笑了一场。

他当然还记得之后的故事，他与王英大了四十个回合不分胜负，再然后他便被邀上山坐了第三把交椅。燕顺曾问他为何想要上山，他只答是快活，他没说自己真实的想法：当了强盗，才有机会和慕容知府的兵还有镇三山打一打。

事实也是这样的，镇三山果然来围剿他们，他为了对付镇三山的剑，连夜打造了一把剑，但银匠毕竟不是铁匠，由于火候、温度、淬冷等各个方面的问题，他最后做出了一把细口硬长剑，并且一边有刃，这剑虽然造型奇异，但十分锋利也很坚硬，他十分欢喜。他也是拿着这把剑来迎接他人生中第一次与官府对抗，他管对抗叫：打。

但他与镇三山交过第一次手后，他便再不希望被围剿了，他从未感到有如此的心慌，他可以说“青州城能打的，我都跟他打过了”，但怕是没了之前的狂放。

二

他是银匠，他是白面郎君，当宋江去攻打祝家庄的时候，他在鸭嘴滩小寨里成为了一个哲人，思考自己，想象事情的另一种可能。

很多年前，他是清风山三当家的，他也许那日不该派喽啰下山去劫客，不劫客就不会遇到宋公明，也就不会去劫囚车，一切也就不会发生了。

事实也是这样的，那天晚上一群喽啰押着一个牛牛进了山寨的大堂，那个人个子不高，面色很黑，脑门上有三道断断续续的金线。小喽啰们把一把朴刀和五十两银子放在断金台上，他知道这是这个人的家当，他总觉得这些东西有些眼熟，但始终没有想起来在哪里见过。

大哥燕顺想把那个人杀了做汤，二哥王英不在，他昨日劫了一个妇人，此时正在后寨嬉闹。他自己，当然不会说什么。当燕顺拿刀要给那牛牛开膛破肚时，一句从那人口中蹦出来的话却挡住了燕顺手中的刀。没错，他说他是宋江。郑天寿打量这人，确实与江湖上传闻的宋江有几分相似。他见燕顺撇了刀急忙给宋江松绑，又差人喊了二哥王英，拉着他与王英一起对宋江拜了三拜。当天晚上，山寨过节。

他并未对宋江表现出同大哥燕顺一样的欣喜与热情，但当宋江放走王英劫的那个妇人的时候，他觉得这人是大丈夫，是他望尘莫及的。除了钦佩之外，他还有一些窃喜，他在宋江的话中知道他是来投奔清风寨知寨花荣的，在清风山与宋江结了兄弟，便是与清风寨结了兄弟，这样一来，清风寨也许就不会五个月来围剿他们一次了，并且与清风寨搞好了关系，便是与官府搭上了线，这样一来，青州知府也许就不会想起来就围剿他们一回了，而他自己，也许就不会再与镇三山交锋了。他这样一想，觉得宋江的到来为他们解决了很多麻烦，宋江真的好像一场及时雨，下在了他的心坎里。

事实并非是这样的，宋江未能解决他们的麻烦，反而招致了灾祸。宋江离开清风山不久，他们便听到了宋江、花荣在清风寨被下了大牢的事情，他与两个哥哥当即决定：在路上劫囚车。清风山是清风寨通往青州的必经之路。燕顺与王英为这个义举感到无比的兴奋，但他，他有些害怕，他想：我也许又会碰到那个叫嚣着要铲平三山的疯子了。

事实也是这样的，三天以后，一队人马与两个囚车进入了他们的设伏地带。王英跳出去喊话，这个事情向来是王英干的。燕顺不会去干，他是一寨之主。郑天寿，更不可能，他一天也不见得说三句话。与王英答话的就是那个疯子。交战在对话之后，他提着那把有刃的剑直奔镇三山而去，他也不知道自己是怎么了。他毕竟打不过镇三山，三四十回合后，镇三山身上有七处剑伤，而他，只是还可以勉强用剑拄在地上保证自己不摔倒。

他的血从身上流出来，淌过身上的银饰，他把朴刀扔在地上，紧了紧身上装着五十两银子的包裹，包裹不在，他在地上蜷曲着，扭动着身体，他苍白的青筋暴起的手在地上乱抓着：不，太硬，是石头；不，太脆，是树枝；不，太凉，是血。包裹在哪里，我永远也找不到了吗？他眼中留下的最后一个景象是那个小个子男人拿枪向他胸口刺来。包裹呢？

包裹呢，他在桌子上没有找到，墙上除了他的那把剑和一顶帽子什么都没有，他觉得有可能落在宋万那里了。他昨天去找宋万喝了酒，走的时候也许忘记拿了。全山寨的头目除了他们两个都去打祝家庄了，郑天寿觉得很委屈：我与王英同时上山，只是不如他讨巧。昨天在喝酒的时候，宋万已经看出郑天寿的心事，劝慰他："哥哥让我留寨，那是看我老成持重，兄弟武功高强，哥哥让你留寨，那是给你个重担子，兄弟你守着鸭嘴滩梁山第一寨，大寨的安危都指着你那把剑呢。"说道宋万老成持重，郑天寿也有些不熨帖，宋江让他留寨时，他虽然心中不快，但是寨中若只留他一个头目，他便可独自逍遥快活，也可以私自体验一下当"晁天王"的感觉，可宋江偏偏又留下了宋万，宋万是创寨的几个头领之一，又比他年长，他不得收敛起来，好在宋万是个忠厚的长者，他才又有些宽慰。

他从墙上摘下剑，想到宋万那去取包裹。他透过窗户向外面观看，他盯着一棵树，想找到昨天拿来测风量的叶子，好决定他出门时戴不戴帽子。可他找了许久也没有找到，也许那片叶子太敬业，被风谋杀了。他决定找一片和之前相似的叶子来测量，可所有的叶子在他眼中都是一样的。正当他迷惑的时候，有人在敲他的门，是宋万派人给他送包裹来了，他打发了喽啰，把包裹放在桌子上，从里面拿出了几个大银锭，他本想继续打制银项圈，可刚才用了太多的精力去看树叶，现在眼睛有些累，不如睡一会，他想。

当他醒来的时候，他躺在客栈的床上，王英陪在他身边，他想起身上的伤口还在作痛，王英让他躺好，并急忙出了房间叫来了其他人。他见燕顺等人进来，然后又进来了几个不认识的，最后一个是镇三山。他吼叫着又要起身，燕顺把他按下并给他讲了他昏睡时发生的事，又介绍了那几位好汉给他认识，当然，也对他讲了投梁山的事。他当然没有什么意见，只是听闻宋江走了有些失落。

第二天，他们一队人马整理了行李，第三天时他们便离开了客栈，又过了四五天，他们便到了梁山。在接风宴上晁盖想让花荣显一下神箭的本领，花荣随手摘了弓箭便射中了空中的几只大雁，在场之人，无不惊叹。

他已经在鸭嘴滩小寨中打制银项圈，想到这里，也不禁放下手中的活计，称赞了一番。

他当然还记得之后的故事，宋江被发配到了江州，后来又因为题反诗被下了死牢，连同戴院长一起要被处死。全山寨的头领都请缨去营救，最后晁天王决定留下林教头，其余的头领一并下山。他得知这个军令后便开始磨剑，他磨剑时宋万还笑他，说是自己用了那么多年的剑还没见过像磨刀一样磨剑的。郑天寿什么都没说。后来，当丧门神鲍旭拿一把长柄阔口双刃长剑上山时，才没人再拿这事取笑。他拿着这把剑，迎接上梁山后的第一次与官府对抗，他管对抗叫：杀。

三

宋江回来了，山寨的头领都回来了，他们不仅攻下了祝家庄，又带回了许多新来投奔的好汉，郑天寿显示出了平时不曾有的快活，一是因为山寨又有了活力，二是因为又来了比他辈分小的头领了。当天晚上，山寨过节，他与宋万也离开各自看守的山寨前往聚义厅。

在聚义厅里，宋江把新来的头领介绍一遍，并给他们安排了职务。宋江还特地介绍了一个姓扈的女子，称他为义妹，并且在酒桌上说三天之后要给王英完婚，新娘便是这位姓扈的女子——扈三娘。郑天寿觉得十分苦闷，他想：我只是嘴巴不如那王英会说，余下的哪点不武功我们不分上下，论相貌他是个小矮子怎么能跟我比，为何哥哥总是偏向他。请萧派金大坚，让我给他打副手，去打祝家庄，我留下，他去；如今回来了，还许给他个好看的媳妇，我不服。

当天晚上散伙后，他回鸭嘴滩拿了剑去向王英的住处，结果王英与扈三娘已经住在了一起，屋中没有灯光，却有吱嘎的声响和喘息声，他知道这是王英在做好事，他觉得这样也好，他杀了王英后便可以把扈三娘抢走。他数了三个数，一脚把门踹开，屋里的王英还来不及反应便被他杀了，扈三娘躺在床上一丝不挂，王英的血溅在她淡红色的胴体上，她在月光下逐渐变得气雾化。郑天寿不知道她存不存在，于是伸手去摸她的大腿，是软的，他狠狠地捏了一把。扈三娘由于极度惊慌一直没有反应，郑天寿把她扛在肩上一直走,走到了梁山的晒粮场，他把她扔在粮囤上，囤尖没了，囤子矮了下去，三娘陷入了粮囤中，郑天寿跳上粮囤，自己也陷了进去，囤子又矮了点。她知道接下来会怎样，她疯狂反抗，她抓起粟米往郑天寿身上扔，郑天寿不闪躲也不制止她，任凭粮食打在自己的胸膛。三娘这时又很高兴，飞扬的粮食被月光一照，在她的眼中成了石子，砸向玉璧一样的郑天寿,她相信郑天寿会碎掉，她相信自己能逃走。

郑天寿此时已经脱去了衣服，确实像一块玉璧,洁白的身体与黑暗的天空、暗黄的谷子显得格格不入，但与淡红的女子显得相得益彰。郑天寿现在脑血贲张，他现在有些冷，于是他披上了他的外套。她看着三娘在谷堆上发抖，他知道她一定很冷，他知道她身上沾上血的地方更冷，他认为他有责任也有义务去让她变热。

事情也许不是这样的，也许他不叫郑天寿，也许她不叫扈三娘，那男人是鹿黑娃，那女人是田小娥。可这不可能，这不是白鹿原，这是水泊梁山。那在粮囤上战天斗地的男女还是郑天寿与扈三娘，郑天寿觉得这很像是在磨剑，这个想法狠狠地刺激了他昏睡的神经，三娘身上的血更让他认为他此刻是在为战争做准备。

已经是拂晓了，他从三娘身体中走出来，肩膀上有汗，还有两条红红的爪印，粮囤已经散了，粮食不均匀地洒在地上，三娘不规则地躺在粮食上，她的膝盖和后背都流了血，她在抠肚子上那块已经干了的血痂。郑天寿从地上站起来，走了五步，拿了他的剑又重新回到三娘的身边，并在她的大腿内侧刻下了一个小篆的“郑”，像是刻在银器上一样。三娘眼神空洞，抓起一把稻子在肚子上疯狂的摩擦，她想蹭掉肚子上那块干了的血痂。

血痂其实并没有硬，粮食屯的尖儿也没有下去，酒桌上的郑天寿刚刚进行了一场头脑风暴，他觉得很美好。他端着酒碗上前去敬酒，他喊了一声“嫂子”，他觉得这个“嫂子”比武都头的嫂子强，也比朱仝、雷横的嫂子强，他有一种成就感。他想他回到小寨以后要去打银饰，他要给三娘打一身的银饰，郑天寿想像王英与三娘做爱时冰冷的银器会碰到王英炙热的身体上，王英也许会因此降温从此挺而不举，若真如此，三娘必会离开王英来到他的身边，他连喝了三海碗。

他回到鸭嘴滩后，果然忙碌起来，他的固执和王朔笔下的痞子有一脉相传的精神内核。相比打仗，他更爱打银饰，很多年以后，他改名叫奥利雷亚诺到一个叫马孔多的小村庄，他本想改头换面，干点别的营生，可终究没逃过宿命，只不过把打制银饰换成打制黄金小鱼罢了。

深夜，当他给最后一件银饰刻上小篆的“郑”字时，他听到细微的呻吟声，他觉得可以脱下裤子了。

四

当他睡醒的时候，已经有小卒把饭给他预备好了，他讨厌军营中的生活，因为他没时间也没条件去打制银饰，不过还好，他赶在招安之前给三娘做好了一身的银饰。

他听到号角走出军帐，他看见卢大胡子正站在将台上喊话："兄弟们，抓紧吃饭，半炷香后准备攻城。"

他看见卢员外的黄金甲冒着热气，他其实也不讨厌招安，他想。

一百零八个人下山，如今分成了两组，一组跟宋江，另一组跟卢俊义，他在第二组，他们的任务是攻下宣州城。

他并不觉得这有多难，他没听谁说过这儿有何等手段高强的守将，但他还是去精心地磨剑，他是与鲍旭一起磨的，可鲍旭把双刃阔口长柄大剑都磨过一遍了，他还没磨完他的那把剑。他此时看似在磨剑，其实是在与三娘做爱，他在咀嚼那天的"头脑风暴"。

今天是攻坚战，大部分骑兵都换成了轻步兵，又抽调了一部分重步兵去操作攻城器械与火炮。郑天寿正在对自己的将士训话，他实在不善言辞，训话的所有内容都是跟秦明学来的。他们这一队被安排在第三次冲锋，如果前两次攻破城，便没有第三次。从这点来想，他倒是希望前两次不要将城攻下来。现实也如他所愿，前两次冲锋没有丝毫进展，并且战事还有些吃紧，当他听到消息后便开始等卢元帅的命令，他知道他又要开始新的对抗了，但这次是朝廷，并且他也不知道怎样给这次对抗命名。他反复摩挲着他的剑，看见远处有一匹马奔向自己的队伍，他知道是命令，他用剑在地上刻出一个小篆的"郑"字，然后挥舞左手，他与五百名士兵奔向敌城。

事实上他的剑给了他极大的帮助，那把细剑可以进入铠甲的缝隙，向外一划便可以挑开甲衣，再向内一刺，一个敌人便倒在了地上，他们在死时也许都在想自己最好的战友：是他故意的，没系紧。

郑天寿是一个简单的人，他不觉得李逵在那转着砍杀会比他杀得多，他以此法一路杀下去，可是当他在敌城下又刺死一个敌人后他停了下来，他把剑从士兵身体中拔出来，拄在地上看着那个士兵，没人知道他在想什么。一个石扇从城楼上飞下来，如此大的冲击也未终止他的思考，他如苏格拉底。

血从他身上流出来，淌过他身上的银饰，他把朴刀扔在地上，紧了紧身上装着五十两银子的包裹，包裹不在，连身子也残破了，他在地上抽搐着，扭动着露出断骨的肉，他苍白的筋脉尽断的手在地上乱抓着：不，太硬，是铁甲；不，太脆，是车辕；不，太凉，是三娘的腰肢；不，太热，是自己被吞噬的肉身。包裹在哪里，我永远也找不到了吗？他眼中留下的最后一个景象是那个小个子男人拿枪向他胸口刺来，包裹呢？

包裹在王英身上，郑天寿也在王英身上，这个小个子男人背着郑天寿如此削瘦高大的尸体走向军营，他一路都在思考，因为当他拉起郑天寿的尸体时，被郑天寿刺死的那个男子的领口露出的半截银项圈吸引了他，那银项圈上有一个小篆的“郑”字，和郑天寿项圈上的一样，和全山寨所有兄弟银饰上的一样，和他在梦中从扈三娘大腿内部看到的一样。

由西瓜而想到的

苏尼尔

地铁里移动的不是车厢，而是一个个站台。

已经是午夜十二点，地铁内还闪着冰凉的灯光，寒风在这狭长区域的帮衬下更加让人不适。但此时脑中关于这个西瓜的疑问让我无暇顾及身体的战栗，为什么这里会出现这个西瓜？他总该有个主人吧？我独自发问，下意识地回头打量我身后的后半截通道，很明显，现在这趟车上只有我和西瓜两个。还是在下一站下车吧，毕竟站台上总会有乘客，即便他们不知道答案，我也能稍微避开这尴尬的局面。

我一般是在左边下车的，我很清楚我的站台，每当我身处这尴尬性极强的通道时，脑子里就会不停闪现我的站台名字，因为只要到了那个站台，我就是自由且隐蔽的，这也是为什么每次在通过这通道时，我都希望没人能发现我快速且变形的步伐，当自己即将靠近温馨的站台时，我都会从小碎步变作大跨步，之后迅速站定，之后一把拉开淡黄色的门，之后用尽活到现在掌握的所有肌肉控制方法去平衡掉因大力拉门而产生的吱嘎声，使门得以无声地被迅速打开一条仅供身体穿过的细缝，好让我把自己塞进站台，就像从狗嘴里抽出紧咬着的手指那样，之后就是一阵疾风，门被撞回门框，之后就是长舒一口气……

效仿着脑中的动作，我开始迈步向我的站台走去，可随着距离的缩短，我发现了自己极不愿意发现的事情，那西瓜正好挡在我站台的门口，但还不是紧贴着门，之间似乎还留有一丝足以取笑我的空间。很明显，这空间我可是钻不过去的，即便背紧贴车的外墙，也还是会碰到那西瓜。太尴尬了！毕竟我们之间还没有过交流，硬生生地跑过去很不礼貌地触碰他的身体？这种事我是不会干的。但我发现更棘手的是，我的身体已经处于移动的状态，如果此时停下来不禁会使人生疑，况且我也不相信自己突然停下来后能想出更合适的方法来解释自己的举动。但时间却让我抓紧想一个法子，因为西瓜离我已是越来越近。

羞愧感提前将我的脸扇红，还好距离够远，让我能一低头就隐藏起这丢人的表现。可是比起脸红来说，到时候真正的羞愧不知要比这严重多少。左边陆陆续续路过好几个站台，都是大门紧闭，我当然可以随便推开一扇门进去，可是进去之后呢？说什么？做什么？想一个什么样的段子去引人发笑呢？抱着尽量少丢人的心态，我不甘地看着左边的站台一个个漠视着我紧张的脸，接着向前走去。每次抬脚都像注铅一般沉，每次落脚又要像羽毛一样轻。这一抬一落之间，汗水在无情地打着节拍，我不由地想起《伏尔加河上的纤夫》，觉得他们比自己强百倍，至少他们可以肆无忌惮地喊着号子，龇牙咧嘴。可我却还要紧绷着一张故作轻松的脸。

未知而又令人欣慰的脚步声从身后传来，无论是谁，都可以成为我的救兵，把我从即将到来的审判中拯救出来。那脚步声越来越近，是一双皮鞋，轻质的运动皮鞋，没错！他穿了冲锋裤，能很清楚地听到两腿交错时的摩擦声，但上衣穿了什么我却是真的听不出来，似乎一点关于衣服材质的信息都没有透露，就像公厕隔间门下的一条条断腿，总让你有一种推门看全身的冲动。然而我是不能回头的，我还不知道这个皮鞋客的底细，贸然回头会有风险的，万一他正低头看手机怎么办，这样他一定会错过我的问好，到时候场面一定会很尴尬。粗短而又发白的四根手指生厌地搭在了我的右肩上，我终于有机会停住开往悬崖的列车。

我欣慰地回头打量这个陌生人，然而这时我才发现，这个陌生人是我平时避之不及的懒警察，蓝色的鸭舌帽压住了大半个面庞，苍白的面色下凸显出一张抹着鲜红唇彩的小嘴，他那带着密密麻麻凸点的脖子上伴有一条条的褶皱，活像一根鸡脖子，暗黄的皮肉使脸上的浓墨重彩显得格外跳戏，啊！怪不得我竟听不出他的上衣，原来是一件厚厚的红黑毛衣，本应该听得到的，毕竟还是会有静电的跳跃，下次可不能再粗心了……

懒警察没有给我继续反思的时间，而是用搭在我肩上的手指把我向前推着，朝西瓜推去。我想他一定也是要去他的站台，只不过是右边的站台，那一个个令人退避三舍，看着就心厌的右边站台。那四根手指似乎黏在我肩上似的，如此亲密的身体接触着实让我感到不适，相比与西瓜的尴尬接触，我更讨厌这种接触。终于，懒警察露出了一排洁白但不整齐的尖牙，紫红色的舌头抖出来他的用意。啊！又是老一套，我早该想到的，月底的警察永远交不了工作上的差事，又是一摞摞泛黄的卷宗需要去帮忙整理。这种人情忙我也是帮了不少，但他们似乎永远都不会停止使唤我们，我曾看到一对对懒警察分别从右边站台出来，排成一排将手里的卷宗递给强颜欢笑的左边站台的同胞们，就像颁发获奖证书。今天这证书又落到我的手里，我沮丧地走着，心知这意味着四十八小时的持续工作，没有休息，没有给花浇水的时间，不能看楼梯里的涂鸦，没法去找女朋友，没时间给妈妈打电话。……想到这里，天似乎都有些灰暗，我打开站台里的窗户，试图证明只是窗户上的灰尘让天空看起来乌突突的，但只是打开一条缝隙，一阵强风就让我眯上了眼，我下意识地回头，原来进站台时忘了关门。

捧着一摞卷宗去关门，看到门外躺着一个西瓜。

异乡人

玛丽亚·哈布力

早上，科沙醒来，按照宗教习惯念了句祷文，突然发现妈妈的声音从自己嘴里冒出。科沙吓得捂住嘴。再张口说话，又变成了爸爸的声音……

科沙拥有了上千种声音。

这一切都要从学校里那个下午讲起——

“嗖”——雪球砸在科沙的后颈，雪水顺着他的脖子往衣服里流。“哦！哦！科沙大笨蛋！司摩鬼！”一群孩子在他身后起哄。科沙一家是司摩教徒，而整个红磨坊村都虔诚地崇拜着华羚教。

又有几个雪球砸过来，科沙躲避着，冬天的厚衣服让他动作迟缓，他摔了一跤，孩子们大笑起来。一个男孩朝科沙吐了一口痰，科沙压抑着的怒火终于点燃了。他像疯子一样冲过去，扑倒那个男孩，对他拳打脚踢。那些孩子没见过这样的科沙，竟吓得不敢阻止，直到老师来。

科沙被罚打扫校园积雪。他站在校园中央，白白的雪地反射着阳光，让他睁不开眼。突然，一声刺耳的尖笑钻进他的耳朵，他分辨不出笑声来自哪里。他四处张望，只感觉周围白茫茫的。笑声越来越刺耳，科沙眼前不断出现各种人的脸，先是熟人的，然后是陌生人的，每张脸都很快地闪过。他开始头晕，眼前闪过的脸越来越多，越来越快，笑声也越来越尖。科沙惊叫着晕了过去。

他醒来时已经躺在家里，他并不觉得哪里疼，但却无法出声。

——三天后，科沙拥有了上千种音色。

科沙并没有很久的纠结这件事，相反却很快掌握了快速转化不同音色的技巧，变换声音对他如同呼吸一样自然。他发现这项技能大有用途，比如在上次对自己吐痰的小孩趴着睡觉的时候，用校长的声音呵斥他。或者躲在偷情的女人家门外模仿丈夫的声音。或者趁那个总看不起他们的水果店老板打盹儿时，变成收税员大骂他一顿。这些恶作剧极大地满足了科沙，他感到终于狠狠地报复了这群总欺负他的人。

渐渐地由这种恶作剧带来的快感淡化了，科沙也失去了捉弄别人的兴趣。日子还是一味地伴随着误解和冲突，爸爸妈妈依旧处变不惊。很长一段时间，科沙忘记了他的特殊技能。

还是某个冬日的下午，科沙穿过公园回家。这回他鬼使神差地走了一段远路，绕过一片小树林。经过树林时他听见轻微的呜咽声，便停下来走进树林。低矮的灌木中间，有一个橙黄色卷发的小女孩背对着他坐在地上，肩膀轻轻抽动。这难道是……多莉？科沙满腹狐疑，那个有着宽宽的牙缝的多莉，为什么在这里哭呢？多莉慢慢躺在地上，科沙看到她怀里抱着一条女人的披肩。科沙想起多莉的妈妈不久前生病死去了，她妈妈以前总披一条深红色披肩。多莉在地上蜷成一团，一抽一抽地哭着，许久都不能停下。

几乎是下意识地，科沙开口说话了。发出声后科沙才发现这不是自己的声音，而是女人的。“多莉，开始播《土豆泥宝贝》了。”他曾听到多莉的妈妈在窗户上喊多莉。

多莉不动了，她抬头朝四周看了看，然后垂下头用披肩蒙住脸，安静地躺在那里。科沙不知道她是不是睡着了，他靠在树底，迷迷糊糊地，轻轻地睡了。

等他醒来已是晚上，天上出现了稀疏的星星。科沙站起来看到灌木丛里已经没了人。他站起身拍拍裤子，朝家走去。一路上，他都觉得喉咙有些干涩。

科沙回到家，妈妈正在烤饼干。“妈妈，我好渴啊。”科沙觉得自己的声音有点不一样。他喝了两杯水，躺在沙发上，黑白电视机正在播《土豆泥宝贝》。科沙摸了摸喉咙，有些不一样。

科沙再没有变过声音，他长出了喉结。

归

白润青

没有绝对纯粹的情感，如同没有永恒不变的物质。我已人近中年，对类似的话语早已失去了兴趣。或者说，我对生活中的大多数事物都提不起兴趣。起床，上班，吃饭，睡觉。生活多年来如一日。曾经会热切地在门口等待我下班的妻子，如今也只是斜躺在沙发上看着几百集的电视剧。生活就像是每天早晨吃的小米粥，无味，倒也无害。如果说我如今的生活是一团死水，那让它荡起波澜的是一个女人，一个比我要小上不少的女人。就是她，点燃了我这棵干枯很久的老柴，所以就叫她火小姐吧。

火小姐与我在同一间写字楼上班，我第一次遇见她是在电梯里。我和往常一样低头浏览我的手机，完全不理会周遭。“请问，你是柴先生吗？”我的动作被一个怯生生的声音打断。我抬起头，看到站在我面前的是一个留着齐肩短发的女人。“我是，你是？”我疑惑地问道。她不好意思地笑了笑，之后用一种清爽的声音说：“我高中曾看过你在杂志上的画作，和当时的采访。我很喜欢你的画。”我愣了一下，就着电梯的昏暗光线中努力地想看清她的样子。怎么会有人，还记得十年前的东西，之后用这种方式把它还给我。我还没来得及说点什么，电梯门开了，外面的光线打了进来，照亮了电梯内部，也照亮了女人的脸。她的脸上还带着真诚而又充满活力的笑容。那一瞬间，那笑容仿佛和那光一起，照在了我的身上。

我洗完澡躺在床上，回想起今天中午和那个女人一起吃饭的场景。出了电梯之后，她邀我一同吃午饭。我们在附近一个不大的餐厅里，她告诉我，我的画作怎样在高中、大学时光给予她力量。她问我为何后来再也没有创作。我本想实话实说，是因为画的没有成绩，没办法维持生计。出口却是另一番模样。“总要在平淡无常的生活里酝酿新的灵感吧。”是的。我骗了她，让她以为我从没潦倒，从没熄灭。她听了之后很开心，“我很想等着看您的作品。”她的语气充满了幼稚女生的气味，但是，我却点了点头，说：“好，我会努力。”

我碰了碰躺在一边妻子的手，把她拉到我的怀里，解开了她身上的睡衣。妻子如往常一样温柔地任我摆弄，可我却并没有感到满足。身下的妻子像一只扯线木偶一样没有回应。我稍微燃起来的欲火，渐渐熄灭，取而代之的是如往常一样完成任务一般的机械运动。一下接着一下，我脑海中渐渐地浮现出那个充满活力的笑容，那是我消逝已久的热情。

从那以后，我和火小姐便慢慢熟络起来，经常一起吃饭，经常在街边大排档聊天。她很喜欢我年轻时的一幅画的风景，我回忆起那是在一处很荒凉的地方所做的。她听完十分好奇，说也想去那里看看。那地方在附近的一个城市，并不远。几天之后，火小姐便打来电话，约我一同前往。我迟疑了一会儿。

“去嘛，那里也不远，两天就足够了，说不定你还会有更多的灵感。”我敌不过电话那头的青春的声音，答应了下来。

我跟妻子说将要去外地出差两天，为赴女人的约而欺骗妻子我还是头一次。在餐桌上，我一边夹菜，一边随口说，尽量让自己格外平静。妻子正在低头吃菜，咀嚼完口中的东西后，抬起头平静地说：“要带的东西还是跟往常一样吧。”我点点头，没有说话，却突然意识到，我竟从没想过跟妻子提起火小姐。我不敢接着想下去，大口将自己碗中的粥喝了下去。妻子惊讶地看着我端起碗的动作。我明白过来，妻子从来都是优雅安静，喜欢喝粥也只是一勺一勺送入口中，长久下来，我也如此。我把碗放下，对妻子说，“今天饿得厉害。”

窗外的景色在高铁的窗户上一闪而过，坐在我旁边的火小姐，显然是经过了精心地打扮，淡淡的妆容下散发着青春的活力。她的年纪早已不是小姑娘，但是却总能在她身上感到一股清新的力量。而我因为昨晚一夜没睡而无精打采，我昨晚很早就躺下，却依然无法入眠，心中有种莫名的期待和兴奋，许多年轻时候的画面充斥着我的脑海，久久不能平静。“你要不要睡一会儿。”火小姐转过头问我，我轻轻点了下头，便靠在椅子上合眼休息。过了一会儿，一股柔软的触感在我的手背蔓延，是她的手，细嫩如丝的肌肤在轻轻地摩擦我的手背，她的头也靠了过来，发丝在我脸上，散发出洗发水的香味。我能感受到她均匀的呼吸，她就这样靠在我肩上入睡了。

当我们俩醒来，列车即将到站，不知在什么时候，我俩的双手已经交叉在一起。但是没有人作声，我有一点小小的尴尬，也在她亲切的话语声中烟消云散了。我俩就这样挽着手下了车，走到了我当年创作的地方。我站在曾经的土地上，感到强烈的错愕与震惊。这里已经没有半分原来的模样。十年了，对拆和建来说已经够久的了。火小姐突然一阵大笑，捂着肚子蹲在地上，好像是乐得直不起腰来。“我们两个大笨蛋，居然没有提前查一下，就过来了，这里哪有荒凉了，已经是热闹的度假区了。哈哈哈。”我看着她大笑的样子，也禁不住跟着乐了起来，不理陌生的过路人投来的错愕眼光。

也幸好是度假区，我们很容易找到了一个很好的酒店。吃过饭，她让我来她的房间一同聊天。聊了一会，她跑到房间的阳台上眺望远处。我跟了过去，点燃了一根烟。秋夜凉，我看她有点发抖，便问她：“冷吗？要不要回去。”她摇摇头，对着我说：“和你坐着聊天一直是个幻想，没想到成了真。我以为我已经很成熟了，每天穿着工作装，面对会议，应酬。可是看到你，就觉得很兴奋，像是小女生追星一样。尤其是当我知道你从没放弃你的创作，我感到我比你还要更快乐。我突然觉得你才是那个我想要的人。”她说得很深情，让我有些手足无措，但我很快便平静下来。我在心里对她说，我骗了你，抱歉。我走上前拥抱她，她靠在我怀里，我低下头亲吻她，她热情地回应我。我把她紧紧地抱在怀里，抱她回到屋子里，我们俩抱在一起狠狠地摔在床上。激烈地亲吻着，我开始扯她的衣服，年轻躯体细腻的触感简直让我发狂。她在短暂的羞涩之后，也开始解我的衣服。在一片狼藉的大床上，我感受到了如火般的炙热，那火让我感到温暖，让我沉醉，不可自拔。一个晚上，我们是那样的疯狂，她让我这已经开始衰老的躯体，枯木逢春。寒冷的人一定不会丢开面前的火把，因为那就是新生，哪怕只有一瞬间，也愿意在那一瞬间里倾其所有，只因为太需要了。

那一觉我睡了很长，醒来已是中午。我听见有压低的讲话声，我睁眼，她在卫生间里打电话。大概是她男朋友吧，我听她提起过一次。“你别总管着我，我不可以出去玩吗？你整天这样胡思乱想有意思吗？……你这样让我很累。”我断断续续听到了这些，大概也明白她的男朋友是怎样的人。我等她打完电话，才慢慢起身，开始穿衣服。她爬上床，在我的腿上躺着，微微地亲吻了我的大腿一下。这一吻击打着我的神经，这是妻子从没有给过我的独特的温柔。火小姐的脸红红的，看起来很害羞。我看着只穿了单衣的她，单薄的衣服根本阻挡不住她浑身散发的青春气息。她如春风拂来，我抱紧她，亲吻她，仿佛松开了她便会消失。她同样紧紧地抱着我，力量之大，让我微微有点吃惊。我们游走，终于碰撞在一起。

我坐在办公室里有些走神，脑海里不由得想着火小姐。我们这种暗地里的情人关系，已经持续了近两个月，这两个月里我丝毫感觉不到疲惫，甚至同事们会经常说我的精神变得十分好，脸色也红润了许多。我这时便会轻轻地笑一下，找个理由开个玩笑过去。我有着极大的满足和快乐。与此同时，还有与这快乐如影随形的亏欠和内疚。在我品尝这快乐时，就一定会吞下了内疚。我背叛了妻子，背离了家庭。同时，我比火小姐大上许多，却做出这样的事。我无法说出我爱她，也没办法说不爱。我想，火小姐也是同样的想法。因为我会看到她在温存过后，双眼透出的迷茫。我们谁都没有提及，但是我们都明白这的确是无可争辩的事实。在那一吻过后，我们都被卷入到旋涡中，难以自拔。

为了避免碰到熟人，我们一般都会去离公司很远的餐厅吃饭。在去餐厅吃饭的路上，火小姐一直在跟我说他们公司的趣事，不时地还要加上几个动作。直到走进了餐厅，她才停下。餐厅布置得十分朴素，没有豪华的装修，却很干净，雅致。我和火小姐找了靠近角落的一张桌子。服务员拿来菜单，我看了一眼，发现上面大半都是各种各样的粥。我有些奇怪，便问服务员："为什么你们这儿要做这么多的粥啊。"服务员很礼貌的微笑了一下，说："粥很养人的啊，对健康很有助益的。"我点了点头，随便要了几个菜。我想起了妻子做的粥，过了这么多年，味道都没有改变，或者说，本身就没有味道。我突然记起，妻子做粥的根源，似乎不是因为她喜欢喝，而是那时刚进公司的我，每天都要忙于各种应酬，不断的喝酒。我的胃变得虚弱，也就是那时起，妻子开始做了粥。"怎么不吃啊，很好吃的呢。"火小姐的脸上依旧是活泼的表情。我摇了摇头，说："菜很好，只是我老了。"火小姐没有说话，只是似懂非懂地看着我。

临近春节，我在家中帮妻子收拾房间。家里的角落一年的时间里积了一层灰尘，全部干完已经到了中午。“我还没有做饭，要不去外边吃吧。”妻子说道。我靠在沙发上懒得动弹，便说：“还是做粥吧。”妻子端来了两碗粥，我拿起勺子准备下口，突然看到粥的中间躺着一颗红枣。“你怎么还加了枣？”“你有次说这粥太淡了，我看那边正好有一包枣，就加进来提提味。”我没有说话，低头喝着这碗加了枣的粥。我喝完粥，便将碗放到厨房，那碗里的粥都没有了，只剩下一颗红枣，静静地躺在碗里。

小林的一次感冒和一次失恋

耿嘉琪

时隔四年，小林终于又感冒了。

短短一年，小林居然又失恋了。

这次感冒来势汹汹，同一时段媒体上都在报道疯狂流感袭来的消息，让小林一度以为自己也身患重症。在反复的头痛与四肢乏力下，小林终于完成了拖欠某知名公众号的一篇文章，然后重重地砸在床上。小林平日很少跟网络平台合作，总觉得隔着一个屏幕什么都不靠谱，比如网购，比如网恋，他都执拗地不肯尝试，但跟这个公众号的合作也算是机缘巧合，起源于一个线上互助小组，几次交流后一来二去也算是彼此了解，于是公众号创始人向小林约稿，而且每次在小林将文章发过去后一小时内，必然就会收到稿费到账的短信通知。

就在这个月已经穷困潦倒的小林满心欢喜地等稿费时却被意外告知该公众号歇业倒闭了。

说好即将要出版的随笔被退稿，有个人专栏的杂志宣布无限期停刊，小林不知道自己是造了什么孽，甚至开始怀疑起是不是上天的旨意让他远离写作。他拿出手机犹豫了一下，还是给创始人打过去了电话，小心翼翼地问了一句："不会是因为我这个扫把星吧？”

创始人给他讲了一通资本融资运营之类种种一头雾水的大道理，小林没听懂，但听懂了倒闭绝不是因为他，然后他使劲儿吸溜了一下鼻涕，连续抽出四五张纸塞在枕头下昏睡了过去。

小林有些感谢这次突如其来的感冒，带来了一系列的无事可做，用身体上无法抗拒的脆弱感强迫自己把紧绷已久的生活节奏慢下来，终于能睡个好觉了，起码。

而一切的事情，同时发生在小林失恋的第七天后。

说起那个线上互助小组，其实就是一线城市中疲惫不堪又不喜交友的一群人所谓的乌托邦，小林在失恋的第一天恰巧轮到他在小组中的一次发言，当时的他还需要撕扯着自己强行回忆些不愿回忆起的东西，“分享你的一次相遇”，他最终还是决定把故事讲出来，很简单又假装文青的一次遇到：

“临毕业前几天，我在水果店跟一个不认识的小姑娘站在一起，应该是个师妹——这个学校里没有皱纹且不认识的姑娘大抵上都是师妹，我买了两根香蕉，她买了一盒冬枣，我俩心照不宣默契十足，交换了各自的食物，我好像没有体会到什么异样的味道蔓延在我的嘴里，我俩在一堆莫名其妙的水果前笑，我没有记住她的样子，也没有问她的任何信息，笑着说了再见。我以为自己已经没有力气再笑出声的时候还是笑出声了。然后她回过头问了我联系方式，邀请我下次一起吃冬枣加香蕉。”

小林认为，之所以无疾而终，就是因为当时口腔中没有出现离奇的屎味。互助小组中的人有些想追问，但碍于互助原则，大家也都只是听完故事罢了，尽管后续的回复是小林认为最无用的一次互助回复，但他还是去照做了：参加一次冥想活动。

于是小林在感冒已经病入膏肓的时候拖着摇摇欲坠的身体走到两条马路外的一个写字楼中，这是小组成员推荐的地方，恰好离他家不算远，据说冥想的场所特意将室内温度调得很高，于是他抱着说不定感冒会好的侥幸前往。进门的瞬间他有些惶恐，屋内平均年龄大概是他的两倍，小林选择了一个安静且毫不起眼的角落，拿了一个蒲团坐下，没过多久就看到一个面露禅意的蓄胡大师进来，温度也伴随着时间的推移愈来愈高，小林渐渐有些耳鸣，摇晃着身体听着大师的喃喃细语。就在小林感觉自己的身体快要倒下时，他感受到了来自身边的热烈的目光，一个年纪似乎与母亲相仿的阿姨正闪烁着晶亮的眼神看向他，“小伙子，身体有点虚啊。”

小林一时语塞，擦了一把额头上冒出的细密的汗珠，然后打了一个声音巨大的喷嚏，台上的大师似乎也被吓到，突然安静下来。

说实话小林不是那种洒脱之人，不论是关于金钱还是关于感情，他总是会纠结挣扎很久，甚至会用自以为有些毒辣的笔头写下一些所谓“恶毒之语”放进他的专栏，之前邮箱收到过不少读者的来信，大抵都是对他的毒辣辞藻的赞扬，称小林写进了他们的心坎里，前任就该这样处理，哪来的什么体面不体面，更不用说矫情地像别人写下的“上一次结束这个故事的时候，我说：希望你摘掉旧戒指，希望你忘记旧时路，希望你早悟兰因，希望你休恋逝水，希望来年下雪之时，你有重新所爱之人”之类的言之凿凿，那一定都是没爱过所以就不懂恨的人。小林看到这些邮件时，从前的他都会长舒一口气，原来自己的这类恨意是可以得到他人共鸣的啊，但这次他似乎又想下笔的时候，却发现为什么要强制把自己重新按进泥潭中打滚，回味一下不小心沾在嘴角的泥浆还得咂着味儿分享，更重要的是，公众号也倒闭了，专栏杂志也停刊了，这些闲言碎语又该往何处投递呢？

小林感受到一种难以名状又毫无来由的尴尬，伸手抽纸擦了擦鼻涕，有些分不清这次的头痛是来自于感冒还是愤懑，福无双至祸不单行，老祖宗留下的箴言绝不只是说说而已，他甚至开始有些怀疑自己还能不能挺过这个春冬之交的季节。

家里的暖气已经停了，气温却在一个不恰当的时间点回落，开空调太干燥，不开空调又太冰冷，小林思考了良久还是决定蜷缩回被子之中，感冒和失恋同时来临的时候，呼吸不畅感似乎也是双重而至，但这次他发现意外的有些冷静，因为身体上的不适感已经逼迫着他远离心理上的痛感，一个人哪里能顾得上那么多，大脑和身体任选其一已经是件难事了。

确实，他有些感谢这场感冒和这次失恋了，假装是一次触底反弹，假装这两件事情同时到来是一场玄学。

出门

刚糅

光线射得我视线恍惚。我拖着沉重的大腿，迈步走在燕郊尘土飞扬的大街上。待出来买包烟的工夫，风沙已经灌了我一嘴，拖拉机轰轰开过，都没有心情调戏过路的野狗。

丹丹姐派我买条好烟，说要随礼给新上任的小混子城管，她可好，自己睡大觉。别看是大白天，可对做我们这行的来说，白天不睡觉晚上哪有精神捞钱养家?

丹丹姐是我们足疗店的大老板娘，大我整整十岁。

两年前，我一个人从老家县城出来。一是为供弟弟念书，二是为了补贴家用。但我自己也更愿意出来，我喜欢看城里夜晚花花绿绿的灯，惹人晕眩，幻想。于是没有活儿的时候，我就喜欢一个人点起一根烟，看着烟丝随空气氤氲成红色、粉色的霓虹光。所以比起老家死寂的夜，我已经满足。再比起小菊……我离开镇子那年，隔壁的小菊已经怀了她男人第二个孩子。

后来我在燕郊的小烤串店里给人穿串子，那次我认识了丹丹姐，她夸我水灵，又对我很好。带我到城里农贸百货市场买衣服，后来还塞给了我两千块钱说要我拿去孝敬父母，供弟弟上学……我就跟了她。她给我取了个名儿叫“莉儿”。

丹丹姐她是我的半个娘，她为人豪爽，又断断续续地给我说了好多她曾经的往事，“我就在你这么大的时候被一个男人给强暴，他是混黑社会的，手里有刀啊，我当时害怕极啦，他就这么拿刀指着我……”丹丹姐说到这段子时，常常边说边比画“逼我脱衣服……”后来她说自打那件事儿以后她就什么也不怕了。无所畏惧，也无所谓。我记得她手里的烟，顺着她掉的半颗门牙，再包裹着抹得红红的嘴唇吐出一圈儿一圈儿烟雾……

其实今天从足疗店的门出来后，我就怄了一肚子气，还不是那个老王，老王在道上混的，丹丹姐都得敬着他，他四十好儿了，好不正经，总想着打我的主意，我生的白净、丰满，又最年轻得意。虽然没有正式接过客，可是在燕郊已经有了小名气，不说丹丹姐都拿我当宝，逗姐妹们说莉儿在我们足疗店里，比送城管头子什么礼都好使。但我就是最不待见老王，他可是有老婆，他老婆我没见过，我不喜瞎打听生事端的嗜好。不说老王比我矮半头，肚子大、皮肤黑黄、左背上一条大鳖鱼，但我最讨厌的是他身上一股味儿，不光烟酒气，还有口臭。他跟丹丹姐交好，俩人开口黄段子调戏、闭口荤黄瓜调情。常说莉儿这丫头就给了我吧，我养她。丹丹姐也不拒绝，就是抿嘴笑，拿话岔过去，再不就是我还小。其实老王的路子很广，人缘儿又好，在燕郊有大半个地盘，丹丹姐跟老王交好，我自然明白其中事理，毕竟大家在道上都很难嘛。

于是丹丹姐就要赔上我，明知道我不乐意。前天她跟我谈心：“莉儿，你跟我有两年了吧，丹丹姐这两年对你咋样啊？你心里明白，你现在出落成大姑娘，十八岁，多漂亮啊！白白嫩嫩，看着就水灵啊！你王叔是咱这儿的老人儿，你丹丹姐啊这么多年多不容易啊！”她边说边点根儿烟，长长地叹了口气。“要不是你王叔，咱家的足疗店早黄啦！你要是从了你王叔，只有你好处。昨儿你王叔儿过来就是专门来看你！你心里呀得明白事儿！莉儿啊！你可得记住，咱可不是啥小姑娘！”

丹丹姐讲话的时候下巴上扬，给我使了个眼色，我点了点头，心里委屈，脸上红热。“噔，噔，噔”，丹丹姐已然走开，我望向玻璃门外大红色的“足疗”两字，粉红色的墙搞得我似乎要晕厥，我给自己点了根儿烟。

两个小时后，老王来了，不过那次，我跟他上了楼……

天气转冷，光线射得我头昏，我依然忘记不了前天的我，和老王。我买完那条烟以后，就走路回家。家，我想就是足疗店。我只穿了个紧腿儿丝袜，长款毛衣裹着我的大腿，高跟儿鞋不跟脚，我就瞬时抬起脚看了看我鞋上的狐狸毛。

而抬眼的工夫，我迎面站了个人，她与我几乎同时停下脚步，她脚上趿拉草鞋，衣着破褂子，脖子上还戴了串木珠子，背了个包裹，一副怪样子。

这样的老太太站在我面前还盯着我，当真发毛，于是我本能打算回避，但是又觉她像是有话想说。

“姑娘，且慢！我见你眼神迷离，头顶发黑，近日必有灾祸！”

“真讨厌，我刚下班回家，本来就气不顺，还被这么一咒！”我心里一嘀咕。我不迷信，虽然也拜拜丹丹姐店里的赤面关公，但与鬼神一样，我不懂不听自然就不信。

那老太比我矮半截，面善，直直看着我，眼神毫不避讳，不知道怎的，我感觉心虚。

老太缓缓道：“我这儿有本儿《金刚经》。”她边说边从包裹里取出一本《般若波罗蜜心经》蓝本、线订。我接过来翻了翻，只觉字体丑陋。

“这是弘一法师亲自写的，今日赠予你，只因咱们见面便是缘分啊！”她热情地拉着我的手，我本戒心重，但她送书给我，我就得了好处，“啊！这种书我不会看滴！看不懂滴！”我脸红起来，笑。

“贪嗔痴慢疑、怒恨怨恼烦，就是五毒啊！姑娘你现在不是被这怒啊、痴啊、怨啊、恼啊的烦恼呀，姑娘你身染五毒，六根不清净呀！你现在是罪身，可是天性本善、习性可转、心正神聚不散乱，你罪孽深重，有过之就会犯病呀！病就是因为你会犯错，你得修行、积业、积德呀！姑娘！你出落的水灵，我看你有缘呀！”

我不知不觉已经抱着这本《金刚经》了，其实我听不懂，却又半信半疑，兴致大增，我问：“那有缘人，我该怎么做呀？”

“你呀，应该跟着一个男人安稳地过一辈子，身喜勤劳结善缘！修身养性跟个男人，为他生一个孩子，用心尽孝啊。”

我听得入神，嘴角也微微勾起一丝笑，那生活一定是安稳美好。可是我却又想到丹丹姐、想到老王、想到粉红色的墙和房间里劣质香水混着的都宝儿味……

鼻子里一顿酸。

转首整整两年，我再没回过老家的县城，不是没有回家的路费，其实颜面不济，想起小菊家的娃今年三岁了吧，我弟在念书，以为他姐还在北京餐馆儿打工……

“可男人，哪里找得到？我今年19周岁，前天在跟老王那种王八蛋流氓调情。可能我的家，就是丹丹姐的那家足疗店。粉红色的发潮的墙和暖气管子上缠绕的假花。”

月亮谋杀案

黄楚越

他在上午零点被月亮砸死了，这不是意外也不是惩罚。

月亮是公正的，它只会砸死坏人。而他是镇上出了名的大善人，所以，这是一场利用月亮的谋杀案。

警长发动了全镇警力对这场谋杀案进行调查，经过三天三夜的严密搜查，终于发现了破案的关键线索。在他遇害的那个晚上，全镇只有三个人没有待在他们应该在的地方，分别是他美丽妻子、他友善的邻居，还有他的瞎子男管家。确定了这三个嫌疑人，警长终于长吁一口气，他解开衬衫的第一颗扣子，掏出脖子上的十字架，轻轻吻了吻十字架上绑着的月亮。

警长在胸前画完十字，亲吻了他的月亮十字架，走进死者的家。

“你好，妻子小姐。我是警长。你为什么要谋杀你称职的丈夫？”

“你好，警长。我没有谋杀我称职的丈夫，我很爱他。”

“休想说谎！谎言是逃不过我的眼睛的，谎言是逃不过月亮的惩罚的。”

“亲爱的警长，我发誓没有说谎。”

“那么，你称职的丈夫遇害当晚，为什么你不待在你们共有的天鹅绒双人床上？”

“亲爱的警长，我在我的情人床上。”

“你们在干什么？”

“我们在做爱。”

“你的情人是谁？”

“我们友善的邻居。”

“我相信你的话，月亮也相信你。”

警长在胸前画完十字，亲吻了他的月亮十字架，走进友善邻居家。

“你好，邻居先生。我是警长。你为什么要谋杀你无私的邻居？”

“你好，警长。我没有谋杀我无私的邻居，我很尊敬他。”

“休想说谎！谎言是逃不过我的眼睛的，谎言是逃不过月亮的惩罚的。”

“亲爱的警长，我发誓没有说谎。”

“那么，你无私的邻居遇害当晚，为什么你不待在自己家里？”

“亲爱的警长，我在我的情人怀里。”

“你们在干什么？”

“我们在共同阅读一本书，《谎言在跳舞》。”

“你的情人是谁？”

“我的邻居的仆人。”

“我相信你的话，月亮也相信你。”

警长在胸前画完十字，亲吻了他的月亮十字架，走进瞎子管家家。

“你好，瞎子管家，我是警长。你为什么要谋杀你平易近人的好主子？”

“你好，警长。我没有谋杀我平易近人的好主子，我很服从他。”

“休想说谎！谎言是逃不过我的眼睛的，谎言是逃不过月亮的惩罚的。”

“亲爱的警长，我发誓没有说谎。”

“那么，平易近人的好主子遇害当晚，为什么你不待在自己的管家房里？”

“亲爱的警长，我在好主子的书房里。”

“你在书房干什么？”

“我在看书。”

“你在看什么书？”

“镇上唯一一本，我的好主人独家珍藏的《谎言在跳舞》。”

“我相信你的话，月亮也相信你。”

警长不知道凶手到底是谁，镇上只有他们三个在事发的晚上没有待在自己应该在的位置，而他们每一个人都没有说谎。

警长心想，不能让镇上的大善人冤死，必须找出这场月亮谋杀案的凶手并将他绳之以法。

小镇即将告别今天的金黄色，警长还是站上了镇子最中央的石坛。他脑袋微仰，眼睛紧闭，慢慢地在胸口画上十字，最后的一缕金黄从他背后逐渐消失，他就像上帝一般美丽。警长嘴里念叨着："仁慈的主啊，请你宽恕人们的罪恶，代替我们以及我们的子孙受苦吧！"当他再次睁开眼睛时，他的眼里带着一种几近神圣的光芒，"这场月亮谋杀案的凶手，就是它！"警长坚毅的食指，像箭一般射穿天边初升的月亮。

镇长发起全镇的公开庭审，全票通过，判给月亮死刑。

公正的月亮被扔进太阳的熔炉里，日落后的小镇漆黑无比。

这没有什么好玩的

吕泓逸

“滚远点小子，这没有什么好玩的。”每当我们试图接近山姆大叔的那个公文包时，他总是摆着手，不耐烦地这样向我们大声喊叫。

山姆大叔是我们的邻居。他并不是外国人，可是每当遇到陌生人，他总会微微欠身，抻平西服上衣的褶皱，调整好宝蓝色的领结，捋着上唇蓄起的小胡子，抖动着喉结说：“你好，我们好像还不曾见过面，我叫山姆。”久而久之，我们只知道他叫山姆，而没人晓得他的原名。我们也习惯了这么叫他，虽然我不清楚一个男人为什么名字里偏要带个“母”字。

山姆大叔身边一定有个公文包。当他走在街上时，他就用右手拎着它，以至于碰上熟人时，他总要让对方先等等，之后费力地将公文包换到左手，再挥着右手卖力地和朋友握手。当他坐公车时，他就把它放在并起的两腿上，一动也不动，以至于常常因为两腿发麻站不起身而坐过站。他睡觉的时候呢，这个我就不清楚了，但我猜他应该也是抱着它的，因为几乎每天晚上，我们都会听到山姆大叔的太太歇斯底里的号叫，从十一点一直持续到后半夜，最后终结于一声重物坠落的巨响。过几分钟，如果睡不着的话，试着从窗户往楼下看，一定会看到瘦弱的山姆大叔，只穿着背心短裤，轻手轻脚地拎起躺在地上的公文包，迅速地钻进楼内。

公文包里装的是什么，我们谁都没有确切的答案，只知道里面应该装了很多东西。这是我们从山姆大叔日渐佝偻的脊背和被坠得下沉的右肩得出的结论。关于其内容物的猜想则是五花八门，我们这群小孩总觉得里面装了枪、冷兵器、炸弹，甚至是残缺的尸体，反正是不可告人的东西；那些刚刚学会如何使用发蜡的大学生们，一提到这公文包就一脸艳羡，仿佛里面装满了黄金白银；而那些和山姆大叔衣着相仿的大人们，聊起这件事，总会捋着上唇的小胡子，用极富深意的语气缓缓说："这里面承载的是生命的重量。"当然，这种讨论只限于男性之间，女人们更愿意讨论公文包的材质。

山姆大叔喜欢提着公文包四处乱窜，但他一次也没有当众打开过它。他的背越来越驼了，每当拎着包走在街上，他就会用空出的那只左手撑着腰，仿佛不这么做他的腰就会折断。然而他却怎么也不肯放下那只包让自己歇一会儿，尽管他已经汗流浃背。当有人走近他时，他会将包拢得更紧，生怕别人一把夺去。大家都对公文包的事讳莫如深，只有我们小孩会无所顾忌。只要看到山姆大叔，不管他离我们多远，正在做什么，我们都会立马跑过去，大声地问他："山姆大叔，这里面到底是什么？"

山姆大叔总会吓得身子抽搐一下，流下几滴冷汗，迅速把包紧紧抱在怀里，摆着手冲我们喊叫："滚远点小子，这没有什么好玩的。”

久而久之，山姆大叔仿佛对我们产生了抵触情绪，一见到我们几个小孩中的任何一个，便会连忙转身逃窜，怀里抱着他的那个公文包，就好像我们有多恐怖似的。其实，我们早已失去了兴趣，甚至对山姆大叔感到厌恶，认为他在故意吊我们的胃口，以此当作哄小孩的把戏。我们也已经看腻了那个公文包，全身黑漆漆的，不新不旧，没有什么出彩的花纹或是特殊的瑕疵，和我们的父亲用的公文包没什么不同。

山姆大叔总是躲着我们，我一直以为再也看不到山姆大叔和他的公文包了，没想到很久之后，他又出现在街心公园里（那是我们这些小孩成日玩耍的地方），坐在一条长椅上，身旁放着那只公文包。然而当我们走近他，向他打招呼时，他却丝毫没有任何反应，只是那样佝偻着背，一肩高一肩低地坐着，面无表情，一动不动。只有我们挑衅似的要去触摸那只公文包时，他才会懒洋洋地晃晃手，像驱散飞虫一般，重复着他那句老话：“这没有什么好玩的。”

每当有陌生人过来，他也不会主动问候，甚至连眼皮也不抬一下。就连往昔最要好的老友也不能让他站起身，他们向他友善地伸出右手时，他只是微微点下头表示回应。

渐渐地，没有人再主动和山姆大叔打招呼，甚至没有人再去接近他。他可能也丝毫不以为意，因为他只是那样坐着，一动不动，旁边是他的公文包。他在那条长椅上度过的时间也越来越久，开始只是一刻钟，一小时，接着变成了一个半天……

后来，当我们早上来到公园时就可以看到他，晚上散伙回家时他还没有走。他渴了、饿了就撑着长椅扶手站起身，缓缓踱步到公园旁的便利店去买水和食物；他内急了就以同样的速度起身、踱步到公园里的厕所方便。至于睡觉，我就不清楚了，但我猜他也是在公园里睡的，因为曾有那么一段时间，每天晚上都可以听到山姆大叔的太太歇斯底里地号叫着离开，过了一会儿又号叫着回来，身后多了睡眼惺忪的山姆大叔，和他紧紧抱在怀中的公文包。不过，这样的夜晚重复了没多久，因为不久以后，连他的太太也不在乎他了。

山姆大叔就那么坐着，一动不动，旁边是他的公文包。久而久之，他上唇的小胡子变长了，下巴的胡须也长出来了，与他的鬓角连在了一起，但他不在乎，精致的山姆大叔变成了邋遢的山姆大叔。有一个早上，我们惊奇地发现他的西服上衣和宝蓝色领结一并消失了，他只穿着掉了两颗纽扣的白色衬衣——如果忽略上面大块的棕黄色污渍的话——坐在那里，华丽的山姆大叔变成了穷酸的山姆大叔。

山姆大叔身上始终没有改变的，是他的那双皮鞋，据他说是意大利工匠手工缝制的，材料是上等的小牛皮，我啧啧称赞，虽然我看不出有什么区别。很久很久之后的一天，他仿佛也觉得一动不动的样子太傻气，便慢慢地蜷起双腿，将脚搭在椅子边上，把头埋在两腿中间，仔细欣赏着那两只皮鞋，随后伸出颤抖的手，动作拙劣地系起鞋带来。

山姆大叔的变化并没有换来他人任何的关切，相反，他们走到山姆大叔这里时，步伐变得更快了。而山姆大叔仍丝毫不以为意，只盯着那两只鞋，系上又解开，成天到晚和两根鞋带玩命。说老实话，我也觉得山姆大叔现在的样子更傻了，但是我仍然为他感到有些悲哀。我希望能有一个人在他面前停下来，和他说说话，给他披上一件衣服，或者什么也不做也好，于是我暗暗地开始时刻注意他。

几天过去了，并没有什么人肯为他放慢脚步，然而让我感到异样的是，他一直不吃不喝。一天，他停下系鞋带的手，短暂地静默了一会儿，从口袋里掏出几张揉皱的纸币，一张张将其抻平、理齐，又仔细地数了几遍，随即将双脚放在地上，撑着扶手起身，缓缓踱步走出公园。过了一阵，他又回来了，手里拿着一管不知是什么的东西。

他坐回原来的地方，费力地从衬衣扯下一小块布，接着又恢复到原来的姿势，打开那个东西的盖子，朝鞋面挤出黑色的膏状物。

我感到十分好奇，再也忍不住，跑过去问他那是什么。

他的动作戛然而止，扭过头来一直盯着我看，看得我心里发毛。然后，头缓缓抬起，眼睛里突然有了一丝骄傲的神采，嘴角一牵一牵地，似乎是在笑着说：

“这叫鞋油，是专门给大人用的。”

“我能试试么？”我吞着口水问。

他低头看看我的塑料凉鞋，哼了一声说：“这是给皮鞋上油的，只有大人才能穿的皮鞋。”

说罢停了一会儿，又补充道：

“只有我这双上等的皮鞋才配得上用鞋油使它重焕光泽，你没见过你爸爸用，那是因为你爸爸买不起我这样好的皮鞋。”

这句话让我感到不快，我想要反驳，可想想确实没见到我爸爸用，便白了他一眼，跑远了，并暗暗发誓再也不理会山姆大叔。

山姆大叔就那么坐着，擦着自己的皮鞋，旁边是他的公文包。日复一日的擦拭让他的背变得更驼了，每天不吃不喝更是让他变得瘦弱不堪，迅速苍老。

直到有一天傍晚，他突然把我叫过来，告诉我鞋油已经用完了。

“跟我有什么关系。”我不屑地说。

他神情仿佛有些失落，嘴唇颤抖着，很久才吐出一句：

“记住，千万不要脱下你这双塑料凉鞋。”

说罢立即摇摇头，像是在嘲笑自己，说：

“那怎么可能呢，像你正在做的这样慢慢长大吧。”

接着，他将双脚放在地上，撑着长椅的扶手起身，宽大的衬衣随风晃荡着。他意味深长地望了我一眼，扭过身去，费了很大力气拎起——或者说搬起更为贴切——他的那只公文包，揩去额头大颗的汗珠，喘着粗气，颤颤巍巍地朝太阳落下的方向越走越远，最终消失在视线里。

这是我最后一次见到山姆大叔。

几年后，我终于脱下了塑料凉鞋，兴冲冲地换上梦寐以求的运动鞋——是需要系鞋带的那种，而不是粘扣的。至于山姆大叔的话，我看到脱下凉鞋后并未有什么恐怖的事情发生，便将它当作又一个哄小孩的无聊把戏了。

当我再一次走进街心公园，走到山姆大叔坐过的那条长椅旁的时候，我突然想领略一下在这里系鞋带的感觉，就像山姆大叔一样。可我不敢模仿他的姿势，怕被人嘲笑，所以我只是普通地蹲下系鞋带。

蹲下后，我不经意地朝长椅底下一瞥，意外地发现一个双肩背包，就是学生们都用的那款。我忽然觉得它的颜色和我的衣服颜色很搭配，便小心翼翼地将它背在肩上。

一瞬间，我立刻从心底对这个书包产生出一种难以形容的喜欢，但同时，我感觉它像嵌在身上一般，仿佛成为我身体的一部分，并且越来越重，坠得我说不出的难受。而我并不想把它摘下来，只好坐在长椅上稍做歇息。

我就那么坐着，一动不动，身后是我的双肩包。

一群趿拉着塑料凉鞋的小孩朝我跑过来，他们个个都挂着恶心的鼻涕，开始在我面前吵闹地玩耍，冲我做幼稚的鬼脸，又瞬间被自己逗乐，捧着肚子在地上打滚。过了一会儿，他们站起身，睁大眼睛，盯着我的书包，一边走近，一边伸出刚刚抹过鼻涕的手，想要碰触它。

我突然感到怒不可遏，连忙摆着手驱赶他们，并不耐烦地向他们大声喊叫：

“滚远点小子，这没有什么好玩的。”

世界上最好喝的咖啡

徐培原

小镇上的人没有什么特殊的休闲方式。大部分人喜欢在吃完午饭后，去老头的报亭买上一份最新的报纸，再去对面女孩的咖啡屋喝上一杯世界上最好喝的咖啡。

老头一直开着的这家报亭，是镇上唯一的；女孩刚从生病的父亲手中接过的咖啡屋，是镇上两家咖啡屋里最受人喜爱的。

老头从来不去咖啡屋喝咖啡，女孩也从来不去报亭买报纸。他们两个的联系，除了彼此可以从自己的工作岗位上看到对方，就是每天往来的小镇居民了。老头每天听着大家夸奖咖啡如何的美妙；女孩每天把他们看完遗落在咖啡屋的报纸整理起来，捆成一捆卖给小贩。

两个人都觉得生活很新鲜：女孩有了第一份工作；老头这几十年来第一次在柜台后看到了新的面孔。

不知从哪天起，人们突然对咖啡屋颇有微词。当然，他们的抱怨全被老头听见了。人们都在说："咖啡变味了，比起以前的差远了……"渐渐地，人们不再热衷于去女孩的咖啡屋了，但他们还是会在老头的报亭买上一份最新的报纸，然后去两条街之外的另一家咖啡屋。

虽然生意大不如前，但女孩还是每日去集市买最新鲜的方糖，精心打扫屋子，把咖啡豆磨成咖啡粉，摆出洗得光洁如新的小勺和托盘。

老头也如往常一样，在小小的报亭里望着对面的咖啡屋。

那一天人们买完报纸，全都去了两条街之外的咖啡屋。老头关上报亭，理了理身上的衣服，生平第一次走进对面的咖啡屋。

女孩正坐在制作考究的木制柜台后聚精会神地读小说，听到屋门上沿开启时碰到铃铛发出的清脆响声，她先是一惊，然后马上振作起来，开始准备咖啡——咖啡是这里唯一的商品，所以顾客从来不需要点单。

还没等老头仔仔细细打量完他面前这一套考究而又上了年份的木制桌椅，咖啡就好了。女孩把盛着一只咖啡杯，一块方糖，一把小勺的托盘放到老头面前，打断了他的观察。

老头没有抬头看女孩，却隐约能感觉到女孩对他微微一笑。

“老天呐，我至少有一百年没有喝咖啡了。”老头心想。因为身体原因，他不能吃过多的糖。于是他用小勺的勺柄把方糖切为两半，放了其中一半。

“这是世界上最好喝的咖啡，”老头一边走出门一边想，“为什么有人会觉得它不好呢？”

第二天，天空乌云密布。当最后一位顾客买完报纸准备离开时，老头叫住了他：“这家 咖啡屋的咖啡是世界上最好喝的，为什么你们都不在这儿喝了？”

那人不紧不慢地说：“这家 咖啡屋的咖啡原来是世界上最好喝的，但是现在，它是世界上最难喝的咖啡。”

老头费解地想：“难道 是我太久没喝咖啡，味觉出了问题么？”

“不可能，”他立马纠正自己的想法，“这家的咖啡就是世界上最好喝的。”

那人见老头久久不说话，刚要动身离去。突然，豆大的雨点坠落下来，撞得报亭顶上的钢板稀里哗啦地响。

“咱们进去躲躲。”老头拉起那人，不由他说，抑或是反抗，便往对面的咖啡屋跑去。

两人坐定后不久，女孩就端上了两杯咖啡，两块方糖和两把小勺。那人还没来得及说“我才不要喝世界上最难喝的咖啡”，老头便已经切开了方糖，搅动起了咖啡。

十分无奈地，那人拿起了方糖。刚准备往里放，不知是不是并不在意这杯咖啡，那人玩乐似地也学老头把方糖切下一半，扔进杯中。

老头喝了一口，满脸洋溢着满足的神情，示意那人也喝一口。那人撇撇嘴，端起了杯子。

“我说，这是世界上最好喝的咖啡。”

说这话的人并不是老头，很奇怪，对吧？那人也很疑惑，但他真是觉得这是世界上最好喝的咖啡。

于是，一传十十传百，原来的顾客渐渐都回来了，而且他们之间还流传着这样的说法："半块方糖，味道最佳。"

女孩依旧坐在柜台后面看小说，在有客人来时为他端上一杯咖啡，一块方糖，一把小勺；待他走后，收起一只空杯，半块方糖，一把小勺，一份报纸。

镇上的居民依旧在老头的报亭买最新的报纸，然后去女孩的咖啡屋喝世界上最好喝的咖啡。

其实，女孩的咖啡一直没有变过，只是糖商把方糖做得更甜了而已。

死村往事

李宇星

二狗老头被送进了医院，医生背着他要给儿女说他的情况，他不依，家人拗不过，只得告他没几天活头了，肚里有颗肉瘤子。他愣在床头，吓坏了儿女。儿女商量好，算上大孙子，一人来医院一天，二狗老头又不应，说要落叶归根，死在家里才罢休，儿女拗不过，只得把他接回老院子住。

二狗一生没做过恶事，是个完美公民，甚至不打骂牲口，村里向外介绍都会拿他做旗子，“是个好同志，得向他学习。”二狗当之无愧地成为唯一和主席有过接触的人，据说主席都为他端正的品行而折服，赐字“如兰”，又是据说，这字被偷走了，连偷字儿的人最后都被折服，偷偷信了上帝教，每天哈利路亚的。总之，二狗老头，是个传说。

村里商量着要在老人走后把老人供进李村大窑洞里，让二狗给历代村中名流讲村子的磊落，这还不够，还要在村口的开阔地为老人树碑，但这一切一切的前提，是一生留白，反正老头快死了，这个祖宗的规矩也基本没啥用了，没人去注意这个。

村长带着二狗小儿子三扳机一早去秀水材料城把碑上的字儿刻好，这事儿不能耽误，得让小鬼爷接二狗老头时候看着气派点，让他看看李村的磊落和生气，兴许回去告了阎王，阎王老人家给村里老头勾个九十一百岁的。字儿刻好第二天，村头开阔地就开土动工了，一声锣子一筐土，沙土四起，好是热闹。

细心的胖李嫂，给村里剪了一篓子白喜字，这是她听说来的留白传统，一生无黑，喜字相送。大屁股李四喜在大同搞了点小煤矿，有点闲钱，叫了台戏班子，唱林冲夜奔，天天候在村里，等着老头儿一死就开口卖嗓子。看似一切都安排好了，村长马上想起，得有桌饭，得有个锣鼓队，还必须把拱门摆上，老头儿的回魂喜，不能怠慢。三扳机听了这番周到的话，下午赶紧就去了县城，置办该有的东西，手上忙着，嘴里还谢了村长周到。

村东边的黑狗蛋子也来村里凑热闹，东瞅西看的，实在闲着无聊就挤进人堆子里，隔着厚袄子摸一把年轻姑娘的肉腚，女孩们把他撵开，他到自知，没有好趣地蹲到了一旁。黑狗蛋子这人没有好历史，人也六十了，却是个老不正经，李算卦的手里有本万历的《十三曲》，里面讲了一个村子有极好定有极恶，像太极，像混沌，反正一番神叨，大家也都信了，得留着这人。尽管上次，黑狗蛋子偷了村里三只鸡杀了，还把李寡妇强睡了，村里也只是给了他免不了的一顿拳脚，扔回黑窑子，也没再说啥。这次黑狗蛋子又来了，女人们轰开了他，他唾了口痰，骂了几句爹娘，才肯罢休。

村里开始有人自发的去分贴白喜字了，家家户户，条条栋栋，小孩们扯着糖果看这一场盛事，却被自家的大人哄回家，这是大事，不能被小孩搞得怠慢了。村长带着年轻老婆逛了整个村子，看到贴满了的白喜字，皱了下眉头，说这规矩不好，要白字都换成红的，这是喜事，白字儿看得扎眼睛，村里贴字的妇人立马各回各家去拿红油漆，嘴里直夸村长细心。

村长像首长一样视察完整个村子，有几番自得，嬉笑着带着年轻老婆回自家小黑房子快活一阵儿，奶罩子都扯下来了，突然想起村旁的南屯村长和上马村长还没通知，不周到，显着小气，于是只摸了几下奶子，便提起裤子，自个儿开着小吉普往那赶。三个村长聚着一起，小喝两口，一不小心也就喝大了，南屯村长和上马村长就在半醉半醒中，直夸李村村长好想法，有情怀，梦中又应了李村两条大条幅。

“恭祝老翁清净留白一生。”

“庆贺李村能有二狗此人。”

三人对着脑中的提议，一番自个儿夸赞，又对付了几瓶子老白汾。

隔日醒来，村长已躺在自家年轻老婆身上，自感腰疼，刚一动弹，就弄醒了光条老婆，年轻老婆左手一勾，村长推脱开，自个儿穿内裤袜子，年轻老婆气不过，一番撒娇，晃着两团粉肉，村长一抹鼻子，又把精虫抹了上来，扑了回去，一手捏着奶子，一手褪去了穿好的内裤，刚把被子盖上求雨，就听到门外一阵大叫，说二狗老头摸了胖李嫂闺女的奶子。

李老头自从医院回来就没好气，年岁到头了，人也想通天命了，本想坐着歇息，最后看看家里的老牛，村里的人却天天来望他，天天盼着他死。有次村长跟他说去了列祖列宗那儿，多说说他好话，让祖宗知道是他的功绩，二狗老头只是闭着眼，哼气应着是。等村长一走，他自个儿赌气锁了房门，不让人再来，这一闹又吓坏了大孙子，大孙子以为二狗老头出了啥事，硬是撬了门锁闯进来，二狗老头又把所剩无几的生命浪费了一天。

晚上孙子陪他睡觉，听着孙子也打起了呼噜，他才自个儿挪出门，终于有了自己的时间，老头开始回忆自己的过去，原来时间全是被动地给了别人，自个儿好不容易有点时间也规规矩矩的不敢干啥，年轻时候，比他小十岁的黑狗蛋子就带着一伙去临村玩女人，好是风流，他偷摸地看了几十回，终于下定决心跟着黑狗蛋子去一回时，黑狗蛋子又被邻村的小混子毒打了一顿，至今还留着一条模糊的疤，他也像被毒打一顿，行为更加老实，从那之后没再碰过女人，至今是个老处男。他又怕留不下子嗣，才从四川买来了一男、二女、三扳机。到了一男14岁时候，家里已经穷得揭不开锅，人家黑狗蛋子，上午喝着小米汤，中午吃着肉酱面，听村里碎嘴，黑狗蛋子去县城摸人家口袋，他确实心动了，带着一男也去了县城，正好赶上大清查，一男摸胖女人屁兜时，被抓了现形，一男回来没多久，就中了妖风，死在了炕上，但日子还得照常过，再也没了偷摸的念头，二狗老头到现在都数不清，一辈子嚼了多少树皮。

二狗老头摸出一根皱巴的烟，点上，人老了，穿几条厚棉裤都扛不住，让风刺得生疼，但他不愿回去，凑着树影往前挪，还记着有一年村里分地，他一直插不上话，到最后好地被分完了，只剩一块坟头地，他想争，没想上任村长带头给他发了个红花，又送了袋面粉，说他是人活着干净，这“活得干净”硬把他的话全憋了回去，那天晚上他憋得胸疼，就顺着这树影走，遇上了黑狗蛋子，他想跟黑狗蛋子说心里头的憋屈，没料挨了几句风凉话，黑狗蛋子转头走的时候，说他“活得太二百五”，这大概是他唯一听到对自己不敬的话，但二狗老头却听着心里舒坦，那晚上抱着家里的老牛哭了一晚。

顺着树影他走到了村里，都睡了，连圈里的猪也是，也就狗还打着机灵，冲着他吠，村里头头尾尾贴着红字儿，看得二狗扎眼，他自个儿撕了几张，扔在脚下，用尽力跺这一摊烂红，一个失脚，坐了个屁墩，两眼一花，晕了，再醒来时，躺在床上。

“二狗姥爷终于醒了。”大家伙儿从四面八方聚了过来，胖李嫂瞟了两眼桌上的瓜子，又伸手抓了十五六颗揣进兜里。二狗睁眼看着一圈人的脸，一半不认识，也不知何时见过，有个小姑娘嘴边还有抹辣椒酱。一圈人开始说话了，有人说红字昨晚显了威力，救了二狗老头，有人开始邀功，说红字是她的主意，胖李嫂气不过，骂了她句婊子，硬偷她的好创作。二狗老头听着憋气，拱手让她们都走，大家却意会二狗老头嫌热，胖李嫂的闺女慌手慌脚地搬来了旁舍的电风扇冲着老爷子脸吹，二狗老头倚起身来，推了胖李嫂闺女一把，就这一下，惹了祸端，胖李嫂闺女捂着胸口喊着流氓，嘴里吐着些不干净的字，胖李嫂急了，从桌上抓了一大把瓜子，扔到了二狗老头脸上，嘴中骂着死娘的话。这事很快传了出去，村长和小儿子都赶了来，小儿子没问个四六，便冲着二狗老头撒火，二狗老头嘴笨，便不多说，任由子孙胡来，小儿子和村长赔了好一阵子脸，才请走了各路神仙，村长甚至应允了胖李嫂一袋子白面。

两人围着二狗老头，一番责怪，小儿子讲丢了他脸，老来没好臊，说着就动手摔了桌上的铜壶。村长讲他丢了白，本想着安静两天死了就好，却惹了这般祸。二狗老头倒也不争，闭眼想自个儿的事，听虚了两人的斥言，他自个儿活了七十好几，啥都没做过，想来竟可惜得想哭，他原来听小孙子课本里的一句话，“人生就像是一本书，有字有画才是精彩”。他忘了这话的出处，但想来处处有理，自个儿留白一生，这书的页子空着像个草纸本，到了阎王那，不定看着多无聊，也就随便一勾，就胡塞进一旮旯里了。他总念想着黑狗蛋子，想象黑狗蛋子操女孩时候的表情，再换成自己，狗逑竟不自觉地竖了起来，又想来难受，自个儿竟没碰过女人奶子，想着，眼红了，哇的一下哭了，哭得跟个小孩一样。小儿子和村长听着哭声，便不再讲了，大概骂过了点。村长冲老头讲了句“别再犯了”便揪扯着二狗小儿子赶紧走了。

二狗越发的想黑狗蛋子，想他几句扫兴别人的话，二狗又想起主席给过的“如兰”，又一念想，“到头竟似一盆兰”，这是他听胖眼镜念叨过的，不懂意思，但感觉是股子绍兴话。二狗老头环看着墙边挂的奖状，泛黄翻角，一堆烂纸，没什么用，他自个儿没上过学，连上面红色码码都瞅不明白。二狗老头思索着，没几天阳寿了，有一天，就少一天。最后，他决定死前过个快活，玩儿个风流。

村里人们炸开了锅，全依仗胖李嫂的巧嘴，二狗小儿子又搬来两袋白面，才彻底堵上了胖李嫂的嘴。这事成了大家茶余饭后的一大谈资。有人说二狗老头梅开三度，早有预谋了，有人杜撰着二狗的过往，说二狗其实是个不三不四的东西，在外地杀了人回来，原来叫三狗子，杀一人缺一杠改了二狗。总之说法很多，没有口舌一一辨明。

又到了晚上，鸡鸭都睡了，狗还坐着，警视周景，远边踱来了牵牛的二狗老头，裹着大风衣，狗刚冲着吠，牛就把它瞪了回去。老头跟牛说，“是条好狗，不要吓他”，牛通灵，知道言语的意思，便喘两口热气，扭回脑袋。二狗沿着道，踩着黄叶，顺着每家栅栏走。他想起原来黑狗蛋子偷东西的样子，正好走到胖李嫂的窗边，便壮起胆子，摸了窗沿的牛奶，也不顾着凉，撕开口就喝，喝了一半又塞给老牛半口，喝完扔到一边，走了。他又走到村长家门口，看里面亮着灯光，就凑着没关严实的门缝看，不知不觉老逑硬了，他搓搓手，掏出纸笔，字儿写得歪扭，竟是些“奶大逑小”的淫话，洋洋洒洒写了一纸，写完又怕风冲走，拿了块砖又压了角，扔在门前。

二狗顺了老牛的毛，他听过点刘向的什么传，里面说老子“而乘青牛而去，出西关”，他不忍骑着老牛，但他将像祖宗一样，牵老牛一块儿走，不再回头，他要先去离村不远的镇子，找个小姑娘，临走前破了他的处子身。

镇子还有点人，大多闭着门，只有几处洗头房还亮着红灯招牌，他沿着巷子走，没多久，便是一排旅馆，大多门口都蹲着嗑瓜子的大波浪。二狗站在巷口，牵着老牛，几辆摩托从他与老牛身边飞过，二狗躲闪不及，摩托飞到眼边，又一转弯，拐走了，他隐约听到几句“操你妈”，他却不生气。站在巷口，二狗老头并不像小孩儿样地挑，就瞅准了第一家，拴了老牛，准备玩，刚踩起脚，又缩了回去，抹把鼻子又抬起脚进了大玻璃门。门口的大波浪上下一瞅，没有好气地问“普通足底？”二狗搓了把脸，叫老鸨来个二十岁的小姑娘。老鸨呛了口瓜子，赶紧把一四十多的黑丝拉出来，服侍二狗。女人带着二狗去了后院，一路上二狗都盯着黑丝女人的屁股，原来也是这么看得，想着黑狗蛋子领走姑娘，想着黑狗蛋子摸女人的屁股，不自觉二狗裆又直了。

二狗老头跟着进了“西华苑”，房不大，满算能塞两张床，床竖摆着，被单没有叠起，散落堆着，一个角拖在地下，沾着土灰，两个套子扔在枕头旁。黑丝女人想换去“丽华苑”，二狗老头念着老牛受冻，不愿耽误时间，把女人往里一推，门锁牢了，女人倒不反抗，念着是个老头，没几下动弹，索性往床上一扑，任由二狗老头胡来。

二狗老头摸了把女人的屁股，轻打了两下，右手伸进女人的毛衣里，隔着奶罩子捏了两把，听着女人轻喘了两口，二狗老头又直了，先褪去女人的毛衣，再拉下女人的奶罩子，有条不紊，像个老手。门外不知谁突然叫了两声，是个爷们儿粗嗓，二狗慌了神，赶紧撒了手，捂着猫眼看，是个喝醉的破落户，他松了口气。二狗老头重坐回床上，对着奶瓜子抠掐了两下，摸一把自己的逑，软了，再之后无论如何都翘不起来。女人给他怎么都弄过了，就是让他打不起趣，二狗摸了不少钱给女人，女人甚至用嘴动他那根老货，但就像根老黄瓜，拍扁了再也立不起来。忘了弄了多久，二狗老头昏沉睡了去，再醒来就已经是轮白日了，外边下了雪，白荒，没生气，二狗想起老牛还拴在冰寒里，心疼，赶了下楼，四处也没个暖和处让牛待，也就家里有个牛棚子能待。天冷，昨儿一晚上又把老骨头的血吸了个精光，始终没辙，周算了阵子，二狗牵着牛回了李村。

李村又炸开了锅，胖李嫂丢了牛奶，村长的羞事让小孩儿们到处唱，二狗老头人也不见了，村长气不过，开了全村大会，首要就是让各家都把小孩儿的嘴管牢了，村长发话时甚至折断了桌边立的破铁棍。

“他妈逼，这烂事，也就黑狗蛋子干得出。”胖李嫂提出她的真言后，村长看了一周，大多都认同，从黑狗蛋子的破历史来看，也就他有这般可恶能耐。村长提议，二狗老头也不在了，所谓混沌，太极也都可以打破，村长再次提议，立刻讨伐他，以举手的方式来投票表决，并承诺大家，同意提议的人，还有一袋子白面。大多数人不假思索就举起了手，中间夹着几个眼镜儿，一开始没举，看着大家都举，也就随了大流。

村长带着一伙人，走去黑狗蛋子家，不少李村小年轻，扛着大铁锹，不知原委，只是看着父母来，便一同跟来。有个叫四喜的男娃，看到自个儿中意的女娃也跟着去，嚷着一定要好好表现，来日就生个大头娃。一伙人脚踩着黄土，带着砂石，活像一土沙尘，卷向黑狗蛋子的破屋。

有二里地，大家来到黑狗蛋子的房前，门没锁，几个李村大汉，一通闯，揪着头发拉出了黑狗蛋子。没说什么，拉出来就是一顿打，有的小年轻，举着铁镐把冲着里头砸，起初还听见黑狗蛋子像狗样地叫了几声，后来便没声了，大家稀稀拉拉地放下手中的东西。等着村长的发言，村长让大伙揪着这泼皮无赖去村前的开阔地，好好审讯一番。黑狗蛋子早没了声，几棍子撩到了脑门，硬生砸昏，血凝着脏发垂盖着左眼，没了人样。一番生拖，黑狗蛋子背后的花棉袄子被碎石拉成了布条，随后又拉出了血条子，肉带着布，黏在了一起。露出的棉絮子混着沙土搞得拖人的李村大汉，怪是难受，喊了个喷嚏，骂了日黑狗蛋子娘。

沿途的女人、老人和小孩都停下手里的麦物，踮脚看热闹，男人们一通喊骂，才把她们喊走。总有痴情的女人，冲着她男人喊“早些回家”。把人拉来村前的开阔地，村长提议绑在碑上，没人问什么，有两个眼镜本想问些什么，被瞪了回去，只能顺着走。几个李村壮汉抬来两桶冰碴子水，拿着瓢，泼在黑狗蛋子脸上，水蒸气在黑狗蛋子脸上腾升，也把他从冥界王爷那揪了回来，看还是没缓过劲，李村大汉上来一顿嘴巴，鼻血一流，人也回了魂。

村长开始审问，“偷了什么”。黑狗蛋子呜咽着说了没偷，村长喝了他一句“老实点”，黑狗蛋子一惊，尿了一裆，嘴也跟放了闸，把年轻时所能想起的恶事，一五一十地交代，但基本都是大家听过的，李村大汉四喜硬抽了黑狗蛋子两木棍，问他胖李嫂的牛奶呢，又一摸脑袋，说自己还丢了些，又是一巴掌。村长叫四喜往后站，他又问，“乱看啥了”，黑狗蛋子嘴边没话，又挨了几棍子，支吾地坦白年少恶事，没些新的，村长咽了口唾沫，索性不问二狗老头的去向，自己跟赶马的人手里要了鞭子，走向黑狗蛋子，不等吱声，一通乱抽，血道子出的血顺着风，几度抽得昏厥，一桶一桶的冰水又把黑狗蛋子拉了回来，但最后几鞭子，又抽昏了，任冰水怎么冲刷，不应声，昏沉的死了。村长跟大家说，死便死了，一人两袋白面，村里出钱，这是村里的喜事，大家一通热闹地把黑狗蛋子扔在了后山乱石岗，大石头随便掩了，黑狗蛋子是个黑户，死便死了，无人知晓。

机灵的胖李嫂，问村长面多会发，村长没二话，带着财务领着大家去了粮库，一人三袋，还送袋大米，是场盛世，有几个聪明的女人，跑到黑狗蛋子家扒了些东西，弄了半小时，却没个啥，有个戴眼镜的拿了桌上的一沓子信。上面写的致爱父，女人嘟囔几句“连信都偷，烂了心肠”。家里没几样家具，唯一值钱的就是哈利路亚的大十字，上面躺着耶稣老儿，镂着血花。

二狗老头牵着牛走了回来，村前的开阔地，一反平常的没有人。碑前镂着二狗自己的名字，碑下一摊血迹，二狗寻思着，杀了公鸡。二狗一路走回家，像个空村，二狗把老牛拴回牛棚，顺顺老牛的皮毛，心疼，把老牛牵回屋子，自个儿躺回了破藤椅。不知睡了多久，听见牛闷声，三扳机牵着牛鼻子往外拉，嘴里骂着“死畜生，不知哪里该待”，拉进牛棚又是一通鞭打。随后三扳机回了屋子问二狗老头去了哪儿，给他着急坏了。二狗问儿子，村里怎么没人，儿子讲了原委，又狠骂了两句，说他蠢，不该偷看了村长和老婆云雨，还记下来。具体怎么抽打的黑狗蛋子，三扳机都有声色的一通讲，像段演义，村长在演义中踩着白面袋子，是个伟人样子。二狗听了，一阵莫名的眩晕，想起黑狗蛋子年轻时偷弄女娃，被抓着时，一顿毒打的样子，二狗待在藤椅上，看着窗外斜阳，无话。

太阳下山，二狗老头死了。

有的人讲二狗老头病的肉疼，活疼死了，有眼镜讲，黑狗蛋子死了算是坏了阴阳的风水，恶走善不留，一块儿被牛头马面用铁链子收了去，还有女人说，二狗老头死的时候，天充着半边火烧云，又充着半边星，像个太极物。总之一时，成了茶余饭后。

村里一通忙活，办得热闹，红喜字，大拱门，碑前还绑着红绸子，村长领着大伙立在碑前，送了老人的棺材，恰巧李四家闺女办喜，村长画了路线办了红白喜事，“白送红迎，来年生个小善灵”，哭班子也请过来，一通乱哭，哭了七七四十九声，却不敬业，边哭边指着表，时候再多要加钱的。之后饭也摆得讲究，沿着拱门摆一道，有鸡有鱼，绝不单调。南屯村长直夸是个好项目，有吃有喝有鞭炮，十分红火。

好景没多久，村里春时农务遇了大旱，接连几月不下雨，庄稼地也总被老鼠啃，哀号遍野，冬日又挨了霜冻，烂了不少。又是几个月光景，村里能走得绝不留，只留下了个死村。死村不小，村前开阔地，立着碑，是段佳话。

后来有拍纪录片的人来拍死村往事，查了资料，见了老人，实在的看了老景儿，片里主要说的是二狗老头一生如何磊落留白，一生如何云淡风轻活得痛快，片里还讲了，一代恶老黑狗蛋子也受了感动，举了十字，念了基督。又过了些日子，死村成了模范改造村，村里又披了绿，政府招商给这里办成了旅游村，死村一度很火。来的游客，都不知道为何村子突然变荒，当年的小孩儿也都死光了，留下的，只有一段二狗的传说，黑狗蛋子是谁，也没人记得起了。

森总

王鹏

我们都叫他森总，并不是他特别有钱，是因为他管钱。单位里大小开支，吃喝拉撒他都管。尤其到了月底发津贴的时候，我们甚至得叫他森座，以示尊重。可我们单位的建制并没有司务长的编制，那么森总就是不怎么名正言顺的“官僚”，仅仅是负责发钱而已。平时可以不把他当回事儿，可到了月底森总他就威武起来了，见了面自然要挺起胸来说话。

说到让他管账也是很合适的，北京人，热情，爱张罗事儿，资历又老，还能骂街。这就具备了作为一个碎催的优秀品质。难能可贵的是一个大男人还有洁癖，到礼拜六日像个娘们儿一样打扫屋子晒被子，我实在想不出这样高尚的人怎么能下的去手做黑账。当然我指的黑账是玩笑了，不过是些买拖把订盒饭的零钱而已。关键是他都三十多的人了也不找对象，还有心思操心这些鸡毛蒜皮的事儿。

为他找对象这事儿我们可没少花心思，领导战友亲戚朋友，能发动的力量都用上了。最早森总还不理会，一和他说这事儿就撇嘴，弄得像强迫他接客一样避之不及。有一阵子见了领导他就躲，三躲两躲，也就不了了之了。可每年到了春天，有些爱保媒拉纤的夫人就找上门来，东一榔头西一棒槌的问问，森总也客气地敷衍着，脸上总是讪讪地笑，总是没有下文。

森总也是个有理想的人，从小学长号，寒来暑往，下了十几年的工夫。大学毕业考了总政，可偏偏赶上部队裁军，人可以留着，但是得等编制。森总想这连个正规军都不算，去干吗，正赶上我们部队征兵，说是能发挥文艺特长，脑子一热就来了。可来了一看，满不是那么回事儿，除了演出还得拉横幅插彩旗端茶倒水递烟保障会议，心就凉了半截儿。可这是当兵，不能你说来就来说走就走。往后，森总原来拿着价值好几万铜管的手就经常和铁锹钢管等打交道了。再往后，森总就直接把自己的宝贝收了起来，等天气好又空闲的时候拿出来擦擦油保养一下，也不吹，又放了回去。他总郑重其事地说他那号嘴儿只能从德国定做。他每次擦号好像是上坟烧纸一样，让人难过。

即便他吹了，别人也不一定知道这吹的是个什么喇叭！森总是孤独的，尤其是他和他的长号在一起的时候。

可森总的年纪渐渐地大了，不能再拒绝一些热心的关爱了。

记得有一次他被派去相亲回来和我聊天，森总问我知道今天这媒人叫什么?我说能叫什么?森总憋着笑说，郭富贵。我说很有钱吧?他说是的。森总坐在板凳上，将郭富贵的大别墅描述了一番，又说了晚上和郭富贵吃鱼的时候郭富贵被刺卡了的情节，森总忙前跑后，拿醋倒水给郭富贵留下个好印象。那边那姑娘是家里独苗，父母趁钱，想招个姑爷来守家，三打听两打听就找着森总了。拿了联系方式，森总破天荒地主动和人家联系起来。过了几天，仍旧没有了下文。森总说这姑娘太内向，发十条才回一条。我问他长得好看么?森总说不好。我说那你就是图人家钱，森总一笑，一半儿一半儿吧。倒是老实。可我觉得那姑娘和森总倒是很般配：一个碎催一个闷葫芦。

那以后，森总就还是专心侍弄他的紫砂壶了。那些小壶被他养得锃光瓦亮，像是一个一个小媳妇儿似的。过几天换一把养，换下来的壶用开水烫过，擦净晾干，锁在柜子里。等哪天风和日丽，突然想念起来，泡上一壶茶，兴致来了，再擦擦自己的长号。

明年，森总该转业回北京了。在这个浮躁的城市，不知道他还能不能悠闲地喝茶了，或者他又能重操旧业吹长号了，或者他能找到对象了……

向日葵

祁骥

一

嘟……嘟……

“喂？廖影吗？”电话被抄起，一个急促的声音问道。

“喂……呃……你……你是……夏凡吗……”另一边一个迟钝的声音问道。

电话这头的主人激动地半张着嘴问：“你……你还记得我吗？！”

“不……不记……得了……”刚做完手术的他异常虚弱。

“那你怎么会给我打电话？”夏凡现在有无数个问题哽在嗓子眼。

“我……我醒来时……病床前贴着纸条，写‘醒……来给……给这些人打……电话’，还有……电话……号码。”语无伦次的他已经尽力了。

一时间，夏凡无力地坐下，将颤抖的手锤在墙上，压抑着情绪安慰他。

他真的失忆了。

我以为这是什么电视剧、电影里的桥段，可就这么真实地发生在我的身边。夏凡想。

从校门口到主教学楼的距离一共三百三十五步。

太阳快下山了，夕阳的金色恰好斜四十五度角镀在他的脸上，另一半是黑暗流淌下来，左侧的黑色又干脆泼在他走过的地面上，拉成长长的暗影。听说，这种四十五度的光又叫“伦勃朗光”，那是荷兰的光影大师赐给他的隐秘。他的手里捧着一个花盆，盆中孤独地支撑着一根短短的苗茎。

他匆匆地踱着三百三十五步，走进了主教学楼。

三楼的尽头那间办公室是校学生会的办公室，忙碌的夏凡还在赶稿子，夕阳等着他“下班”，一视同仁地为他暖了暖身子，披上金色的柔光。

“还没忙完啊，我等会你。”抱着花盆的廖影说。

“嗯，还差一点，马上，马上哈！”头也没抬的这个男孩是夏凡，今年高二，和廖影是同一个年级的好朋友。他们是一年前刚刚认识的。夏凡初中就是这里的学生，高一成了学生会主席，招进了高一刚刚考入学校的廖影。廖影对待工作非常热情，在他“后勤部长”式的全方位照料下，学生会的效率提升了一大截，一年后的今天廖影也成了生活部的副部长。

“这是我最喜欢的向日葵。”

“好可爱的花苗！”夏凡放下手里的活走近端详着。

安若璇是学生会的副会长，是即将面临高考的毕业班学生，因为学习太忙所以退居二线。一年前，廖影对大家无微不至的照料触动了若璇，于是二人渐生情愫，成了互相在工作和学习上支撑的伴侣。若璇的办公桌与夏凡的办公桌相对而且并在一起，廖影将花盆不偏不倚地放在了两张桌子的中轴线上。

夏凡忙完之后，二人一起走出了办公室。廖影不是本地学生，所以在学校附近租了房子，是他妈妈一直陪读，夏凡恰好住在他对面的小区，所以二人经常结伴回家。廖影的书包应该沉得多，因为他走起来好像很吃力，高个子的夏凡轻松一些。出来的时候天已经黑了，他们只能踏着路灯回家，回家的路是一条幽静的小路，在狭窄的小路昏暗的灯光下，仿佛也只能看清身边的人，如果再往深处看，也只能竖着耳朵“看见”回荡在小路上的各种谈话声。

小路的两旁都是老式的民宅，硬硬的水泥墙加上形态诡异的枯树，在夜灯的照射下总能孕育出莫名的恐惧，吞噬着无辜的小路。

夏凡胆不是很大，想用声音驱赶一下内心的恐惧：“为什么喜欢向日葵呢？”

廖影总是能在夏凡面前敞开心扉。“其实我从小就很喜欢向日葵，因为它向着阳光微笑，这种感觉很好，我也希望我能成为它，做一个面向阳光的人。”

“所以你做得很好啊，大家忙的时候你帮大家买饭、整理文件、收拾办公室，你就是大家的向日葵啊。”

“我第一次接触向日葵是我爸爸从俄罗斯回来的时候，”他转头面向露出羡慕表情的夏凡略有得意地说，“我爸爸之前在俄罗斯留过学。向日葵是俄罗斯的国花，本想带回些种子纪念，可是种子不能跨境携带，所以父亲回国之后带我去看了向日葵然后还给我买了种子让我种。”

“种成功了吗？”

“总是失败，因为开始我总把它放在阴暗的地方，所以从没发过芽。”

“哈哈哈哈，向日葵当然要放到太阳下面啊……”

“是啊，所以后来我尝试成功了，种向日葵也教会了我很多……”

二人聊着笑着，走到小区门口，分手说了再见。

从二人回到家中到第二天来到学校的时间是十二小时三十八分钟。向日葵在黑暗的办公室里，努力地分裂着细胞，无声地拉伸自己的血肉。

二

从那一天一直到今天一共过去了六十五天。

新学期像是残酷的车轮，盛气凌人地碾压了过来，所有的人不得不向前奔跑。

头天晚上，夏凡做了个噩梦。

早晨操场做操时，他还是不禁回想起那个噩梦。临近九月的风燥热，清晨的大气会用低温抵消掉一部分风的温度，风就不痛不痒地略过绿茵场上每个队列中的面颊，风没打算叫醒任何人，包括夏凡。

噩梦里还是廖影那一天重重倒地的姿态，脸憋得通红，手脚竭尽全力地抽搐着。那天的情况也的确如此，安若璇就那么死死地抱住廖影，眼泪好像已经哭干，夏凡到场时，得到的反而是廖影虚弱的安慰。

安若璇告诉夏凡，廖影说他小的时候有一次发烧发了很久，大夫给他吃了一种药，可是十几年后的今天发现当年药物的副作用致使他长出了脑瘤并压迫到了神经。他要在这个假期去韩国进行手术，而且手术风险很大，可能会出现暂时性失忆的情况。看来若璇早就知道了，应该是廖影的意思吧，不希望更多的人知道这件可怕的事。若璇说的时候也抑制不住内心的情绪。

做操结束，夏凡晃回教室，头有些微微的痛。

廖影坐在班里，看了看窗外枝繁叶茂的梧桐树，如果他不侧头而是正着头的话，恰巧那是四十五度的伦勃朗光打在他的正脸上。或许他在努力地记忆着昨天夏凡给他讲了整整一天的同学姓名吧。

夏凡和安若璇都不太能接受这个事实，他们总是希望有那么一刻廖影能瞬间想起所有的事情，现在的一切都是他们讲给廖影听，让他接受所有的既定事实。所以，廖影不得不受宠若惊地“多了个女朋友”，而且又再次结识了这个叫夏凡的老朋友。

廖影倒不是忘了所有的东西，比如文字和常识他能记起，甚至是学过的课程都还记得，他只是不认识这些接触了一年的同学、老师和那些事。这也算是给夏凡和若璇的一个盼头。

若璇为了唤起廖影的记忆做了不少工作，她给他听之前他们最喜欢的歌曲，那晦涩的音符生硬地挤进他的大脑，胡乱地拨着几根神经，看能不能哪怕有一点点的唤醒。他总说："好像有那么点感觉。"每次说到这句，若璇不知道是该高兴还是该伤心，他们之间的记忆都没了，情侣之间最珍贵的不就是回忆吗？但是她又马上安慰自己，情侣之间最珍贵的应该是"那点感觉"，有了感觉就算重新谈一场恋爱她也心甘情愿。她就像是在一间漆黑的屋子里挣扎摸索的乞丐，乞求着能触碰到那个点亮房间的开关。

放学，夏凡去学生会办公室给向日葵松松土，浇点水，盆栽已经被移植了，原本纤弱的枝干已经变成三五厘米粗，绿色的小花苞欲吐出那害羞的花骨朵。夏凡等着和廖影一起回家。

突然，夏凡的手机响了，是廖影。他不慌不忙的接起电话，但接下来的一秒钟，所有的平静都被电磁波中的一句话击碎。"夏凡……我难受……"喘息声还夹杂着足球场的吵闹声。

"你在哪儿？我马上过去！"

"操场……"

他马上向操场奔去。

他们最后一节是体育课，同学们已经放学了，只有他瘫坐在运动场角落的长凳上。远远地，有几个同学在踢足球，嘴里声嘶力竭地喊着一些场上用语。

夏凡把廖影的胳膊抬到自己脑后，使劲地撑起，托着他疲软的身子蹭步前行，虚弱的廖影抬不起头，他有点想念向日葵了。夏凡不得不猫着腰，把肩膀降低到和廖影的胳膊一个高度，左手死死地抓住他的腰间，踉跄着回到了学生会办公室。看来，他是先通知的夏凡，对于再次发病，廖影并没有跟安若璇提起。

办公室里只有那株羸弱的向日葵等着他们。在上楼时，廖影已经控制不住自己颤抖的身体，手脚开始发凉了。进了屋子他直接躺在了地上。

"我去叫医生。"夏凡连汗也来不及擦。

一只冰凉的手抓住夏凡的腿，他大概只有这么大力气了。"不用了，医务室已经下班了，我等一会儿……就好了。"他用身体所有的肌肉的抽搐悲悯地求着夏凡，希望不要让他陪读的妈妈知道。他甚至没有力气抬头看着夏凡，只把憋得通红的脸埋在自己的怀里。

"我能明白你的心情，可是……"夏凡的心情很矛盾。他不知道应该听廖影的保守秘密，还是应该执意去找医生、家长反馈他的术后病情，毕竟，医生和家长有权利知道这些。廖影一直都是个好孩子，他不希望连累更多的人，他不希望父母总为他提心吊胆。

夏凡蹲下来，紧紧地抱着廖影，希望自己肌肉的紧张，带来的是他抽搐频率的下降。廖凡用双手抱着头，面部皱作一团，细小的汗珠借助面部运动结合为更大的汗珠，摩擦着无情地下滑，他还用手敲击着自己的头颅，仿佛拳头与头骨的撞击能够震慑脑内每一个非正常的神经和组织，企图让他们在爆发中变得沉默。

半小时后，廖影长舒一口气，恢复了常态，夏凡也松了口气。向日葵背对着他们，刚才的一切紧张与痛苦，都与它无关。它只生长在自己的世界里。

三

这一天区里领导来学校检查，破天荒地，课表里多了节音乐和美术。其实夏凡是喜欢绘画的，只是他的梦想有点被应试教育抹杀得片甲不留了。

从上课到现在已经过去二十八分又三十五秒，夏凡一直听得很认真，前所未有的认真。美术老师讲的是凡·高，继伦勃朗之后荷兰的第二个绘画大师。

“凡·高在来到巴黎之前，他的作品有描绘乡下悲惨而又安详生活的《吃土豆的人》，这是他比较早期的作品；后来在阿尔勒时期创作了以向日葵为主题的系列作品；晚期的凡·高在患有精神病后创作了最著名的‘疯画’——《星空》，画中的树木、天地和山川，都发疯似的扭曲变形，像是被庞大的旋涡吸进去，但‘一只耳’凡·高总是能通过作品让人感受到他的内心。”

铃铃铃……

夏凡觉得高中生活有时被一些东西点缀还是蛮幸福的。他要去给向日葵浇点水。晚些时候，他和安若璇、体育部长平歆带着成员们开了个会，因为再过几天就是运动会了，运动会的学生工作总是多得让人喘不过气。

平歆和夏凡都是初中时就进入学生会了，他们是挺好的朋友，无话不谈，廖影的事，夏凡偷偷告诉她了。平歆一直对这件事保持怀疑，毕竟，她不是很了解廖影。

放学时廖影和夏凡仍然一起回家，对夏凡说了声“谢谢”。

树影照在夏凡身上，他有点没底气：“不用谢的。”之后，廖影说因为他的状况确实不太好，所以他的妈妈已经告诉班主任他的情况了，班主任现在很体谅他。夏凡很欣慰，这样一来能有更多的人关心他。向日葵应该得到日光的照耀。

然而令夏凡没想到的是，在运动会时还和安若璇亲亲密密的廖影，还是在会后再一次倒下了。与上一次一模一样，对于他的再次发病，夏凡同样提出要找医生，可他再一次回绝了他。

平歆偷偷地问夏凡：“这会是真的么？总感觉有点奇怪……他做过手术可是为什么没有刀口呢？”

夏凡的头中像是原子弹爆了炸，突然向平歆怒吼道：“你懂什么！你凭什么怀疑他！他都这样了你还乱猜，如果是你你装得出来吗？！”

平歆莫名其妙地被夏凡吼了一通，身子不由得打了个寒战，话语落下之后现场很尴尬，平歆什么都没说，转身走开。

若璇和平歆把他送回了家，可夏凡绕了个道走，思绪也在绕远的路上飞扬开来。“他不会真的是在骗大家吧？”夏凡皱着眉思索着，“确实，像平歆说的，他做了手术，为什么没看见他的刀口？为什么他总是不让我找医生？为什么他发病我总是在场？可是谁会去编这么大一个谎言去欺骗老师和同学呢，意义又何在呢。”现在他又有点后悔吼了平歆一通，毕竟她的怀疑不无道理。

马路上是呼啸而过的车，要是事情都像开车一样就好了，直接前往目的地就行，怎么会绕这么多弯子，有这么多难以捉摸的内在。夏凡想。

夏凡犹豫之后拨通了廖影班主任谢老师的电话，谢老师同样也教夏凡班上的地理。

“谢老师吗？我是五班的夏凡。”

“哦！你好。”

“谢老师好，我想问您一件事。”

“什么事啊？你说。”谢老师看来很忙的样子。

“您知道廖影生病的事吗？”

“啊？什么事啊？他生什么病了？”

“您不知道他手术的事吗？”

“不知道啊？什么手术啊？”老师追问。

风大了些，吹得树叶惴惴不安地摇啊摇的。

四

他被欺骗了。虽然不知道一切因为什么。

从他回到家到现在已经过去二十二个小时了，这个周末他还什么都没做。

从卧室到厕所也只有十几米的距离，他却走了半个小时。

他不知道如何面对他。

办公室里的向日葵长了有半人来高了，顶端那粒花苞也胀开了外衣，舒展开了；柔黄色的花瓣紧紧护住咖啡色的花盘，紧紧地呵护着她的挚爱。

他找谢老师当面谈了来龙去脉，果不其然谢老师没有发现廖影在班里任何的异常情况，也不知道他做过脑部手术的事。

夏凡依旧假装不知道真相。可是，接下来的事，再次冲击着夏凡的感官和内心。

课间，有人在班里的后门喊夏凡，他从后门出去，看到一堆人围在对面的水房，拥进去一看，是廖影。他趴在水池边，一口细腻的鲜血从他粗犷的嘴中涌了出来，那鲜红让夏凡有些眩晕。那口被吐出的血还拉着长长的丝尾在他嘴唇的下方，流水哗哗稀释着他刚刚吐出的一口血，晕开的淡红还渲染着整个空间。几个同学有点手足无措，廖影还安慰他们，说是没什么大不了的事。

同样，廖影安慰着被震惊了的夏凡。就在那一刻，他恨不得扇自己一百个大嘴巴，因为这么严重的病情可不是能装出来的，其中一定是有什么差错。同学们散了，水池中的血迹也被冲淡，夏凡所有的情绪也被稀释。

他扶着廖影回班。廖影说不用跟老师说，他会自己告诉父母病情。

晚上，他们走出校园，校外热得让人窒息，空气开始偷懒，本吸进一口的空气只作用了一半而已，压抑至极。

“廖影，呃……有件事想问你。”夏凡不知该不该开这个口，如果连他都不相信廖影的话，那么就没人相信了。

“说吧。”

“嗯……你做了手术，为什么没有刀口呢？”夏凡尽量装出随便问问的神情。

“当时我在韩国做的是微创手术，是没有刀口的，虽然避免了开刀，但是做得没有很彻底，于是才会出现之后的后遗症。”

好像他的一句话揭开了夏凡的很多心结，也博得了夏凡更多的怜悯。

“夏凡，我知道你也不相信，没关系的。”

夏凡迟迟没有提班主任的事情，说：“我相信你。对不起啊廖影。”

廖影还是老样子，憨厚而又豁达：“没事的，这有啥对不起的。”

静静的小路上只能听见脚步声，重重地踏着无奈、悲伤与纠结。

“回去我会告诉我妈我的情况的。”

“嗯。”夏凡不知道该说些什么了。

夜里十二点，夏凡几次在笃定了之后试图跳出来看看自己是不是被蒙蔽了双眼。他总觉得廖影不是那么简单，如果这些都是假的……一切都令他有些毛骨悚然。窗帘还没有拉，对面的大槐树摇晃着枝叶跟他打招呼，明亮的床头灯把夏凡的影子拽得长长的。

安静了一晚的夏季风终于按捺不住了，开始疯狂地撕扯所有的植物和动物。对面的楼里传来两声大黄狗的吠叫，风刷过它的嘴唇，在黑夜的背景下把它吠叫的回声卷入高空。

从大槐树到夏凡卧室的直线距离大约是八十多米。它在暗处，他在明处。

“还没睡觉啊你。”夏凡的爸爸恰巧上厕所看见灯还没关。

“睡了睡了。”

台灯被旋转至昏暗，直至变黑。

五

白亮的灯光刺痛了夏凡的每一个毛孔，掌声带着令人烦躁的催促拥向他，他正了正领结转向身边黑发黑眸的东方女孩，在缭乱的发色中，那柔和倾泻的黑色令他莫名地心静。“我看上去怎么样？”

“很好，很帅。”她的笑有阳光纯粹的味道，夹杂了身上淡淡油彩的香气。

他走上舞台，已经没有了高中时初次登台的紧张，他从容翻转指尖的短棒，带着不输其他英国同学的优雅与娴熟。指尖大大一朵向日葵绽放在她的棉布裙子上，油彩的气息迫近，明黄的花朵有些眩晕。就像他们在英国相见那一天的味道一样——他是在她的画室中遇见她的——女孩学的是夏凡小时候最喜欢的美术专业。

“夏凡。”他接过递来的花束，抬眼，是谁，廖影吗？他闭了闭眼，原来有些东西还是幽灵一般匿于暗处，伺机跳出来扼住他的咽喉。孩子气地抖一抖手上的雪纸，满地灰尘的排练厅中，少年的影子做出同样的动作。空调回响着沙沙的响声，那是没有生命的。

排练的时候夏凡总是抓不住从丝巾中弹到空中的弹棒，所以他们给夏凡找来短棒先进行抓接训练。从手中直冲天空飞舞的雪纸，事实上是需要事先将小型吹雪机藏在助手拿到舞台的花束中的。这个助手就是廖影，他总是特别认真地配合夏凡表演魔术，所以每一次，漫天飞舞的彩色纸片在他们的友情上也添上了浓墨重彩的一笔。

他们的一切努力是为了学校的五十年校庆做准备。学校安排了很多任务给学生会，他们写策划案，剪辑校园宣传片。

从排练到现在，已经过去五个小时又二十五分钟了。疲惫的学生会办公室还有十几个人在忙碌着，空调持续不断地输送着冷气，空调水一滴一滴地落在地上代替钟表计算时间的流逝。天已经黑了，那盆向日葵上午被翻了翻土，本已经张开怀抱的黄色花瓣有些被冷风吹得蜷缩，花盘好像也没那么坚硬了，它被迫吸入着十几个人呼出的二氧化碳进行呼吸作用，可能像大家一样，也有些疲倦了。

夏凡突然发现若璇和廖影不见了，打了电话得知他们在排练厅休息。偌大的排练厅中，二人就幸福地躺在满地还未清扫的彩色雪纸当中，仿佛那一刻纵身跃到彩虹流淌的爱河中，嗅到了酸酸甜甜的气息。

廖影的记忆有些恢复了，像是回到失忆之前，仿佛他记得他们之间所有的故事。若璇依旧轻描淡写地讲给他听，生怕讲多了他又会忘掉、少讲了他会落掉。讲得越多，若璇的思绪越惆怅：如果这一切都没有发生该多好！她缓缓坐起，抱起躺在地上的廖影的头，轻轻地放在自己的腿上，注视着他的双眼。她的泪涌上来了，是带有悔恨的泪，她问他为什么不告诉她吐血的事。他叹了口气，用不置可否的口气说不想让你担心。

彩色的雪纸又流淌起来，缠绕翻滚但又无比灿烂。

从三层的教室到楼下一共四十六级台阶。

那天，外面的温度刚好，清爽的风从楼道游刃地穿过。

夏凡和几个同学一起去食堂吃饭，在下楼梯的拐角处他遇见了匆匆上楼的廖影，脸色沉重。廖影并没有跟他打招呼。有那么一刻，夏凡有些疲于应付，他以为他能在接下来的五分钟踏过这四十六级台阶。他就和他这么擦肩而过，准备迈下第一级台阶。可是这一刻，夏凡的秒针凝固了。

在秒针挣扎着冲破着冰冻走向下个刻度时，他使劲思索着要不要追过去看看。此时心中有无数个天使和魔鬼向他嗡嗡嗡地撞击。在他感受到不安的那一刻，解冻了时间，回头追去。

被击碎的冰碴还炸开在夏凡的周围，扎得夏凡有些疼。廖影快步走进了厕所，他也走进去了。廖影把双手撑在厕所隔间的两面隔断上，撑的隔断有些变形。夏凡站在他后面，还没来得及说话，廖影再次吐出了一口血在便池中。

“没事吧廖影！怎么会又吐了？你没有去做检查吗？！”

“真没事，夏凡。”他说完这句轻喘了一下，夏凡用手扶着他的肩膀。

“从上次吐血已经开始在医院做抗排异治疗了，”他停了两秒钟，“真不用担心的。”

夏凡的情绪有点不知道定位在哪里，有种莫名的愤怒，不知是心疼的愤怒还是被欺骗的愤怒。他想去叫老师，可廖影依旧不让。夏凡最终以不耐烦的情绪又不了了之，走的时候有些哀伤，好像所有的情绪都砸他身上，砸得他遍体鳞伤。

夏凡的女朋友有一次跟他讲起凡·高。

1887年11月，凡·高和高更这两位大师在巴黎画廊相遇，一见如故。

1888年2月20日，凡·高搭火车来到法国南部的阿尔小镇。在这里，他建立了自己的“绘画基地”——黄色小屋，凡·高的才能开始像他画中铬黄色的调子一样变得浓厚。他邀请来高更，一起在屋子里作画。向日葵系列作品就是凡·高在阿尔勒时期创作的。后来因为二人产生矛盾，高更离开了那里，从那以后，凡·高割下自己的耳朵，开始了自己孤注一掷的疯狂。

夏凡因为在学校主修建筑工程专业，对美术也略知一二，所以高更他是知道的，可几年前的他对高更并不清楚。

他脑子想的，就是廖影的事。夏凡回到学生会办公室，看着那不太鲜活的向日葵。有两片花瓣掉在了略见干枯的土壤里，颜色已经变为深褐色，暗淡的颜色诉说着死亡，平静而又张牙舞爪。夏凡给向日葵浇了点水，水洒在办公桌上的文件上，工整黑色的碳素笔水开始扩张蔓延，变成深浅不一的恶心的氤氲的汉字。

向日葵更加疲倦地睥睨着他，它有点不那么向往阳光了。

六

从他第二次吐血到今天，过去十三天了。

平歆劝了夏凡好久。

若璇在学习、工作、生活和情感的多重压力之下，和廖影分手了。

向日葵不再灿烂了。

向日葵与窗台的距离是三十七厘米。外面下起了小雨，迷了路的雨滴荡进闷闷的学生会办公室。有那么一个倔强的雨滴，偏偏从空中旋转而下，借着窗台的力量，溅到花瓣上一滴，花瓣轻轻地抖了一下，像认错的孩子，垂垂地，也不回头。落在花盆里有原先的两瓣花已经腐烂得透黑，憔悴地死亡了。还有几瓣刚落下来的，不同程度地诉说着离开。

放学后大家都在办公室中自己的位置上忙各自的事。若璇和平歆都不在。廖影正在认真地拼一幅拼图——是凡·高的《星空》，若璇要过生日了。

办公室里安静极了，只有鼠标和键盘的声音。一阵凉风吹进来，每个人打了个寒战。廖凡的手颤抖着握着一块拼图碎片，死死地按在空旷的底板上。又一块拼图被拿起，廖影发现他与上一块不相连时，有些恼怒了，强迫这一块连接在那一块的身体上，紧紧地嵌住，而后又用左手按住上一块的身体，将新贴上去的一块拽下来，扔回那杂乱无章的拼块形成的坟堆中。

廖影皱了皱眉头，又拿起一块，又扔下。

廖影一个人在角落里拼拼图，他把隐秘的背影给了所有人。大家都在专心自己的事，没人抬头巡视。

夏凡的右眼皮跳了一下，他揉揉眼睛，继续工作。

突然，廖影扔开所有已经拼好的拼图，头朝下砸在地上，从嘴里咳出了发黑的血液！大家吓了一跳，立刻把他扶起，紧紧握住他颤抖的双手，几乎尖叫着询问廖影的情况——毕竟他们是第一次见到。廖影从地上被搀起，嘴唇到下巴的黑红色的血液为廖影画上了一副可怕的牙齿。一时间各种恐怖惊悚的声音都萦绕在夏凡的脑中挥之不去，外面的漆黑一下涌入了整个办公室，所有的雨滴都变成了上天血色的泪水。夏凡控制不住自己的大脑，身体有点发颤，手忙脚乱的人群中，唯独他静静地站着，突然预感这是一个阴谋。他看不出廖影的眼神中是什么，但是他分明听到向日葵蜷缩腐烂的声音。

心跳加速的夏凡夺门而出，他要逃出这个让人窒息的密室！“我必须去找老师了。”他强装出镇定。

突然，无力的廖影分明使出巨大的力量紧紧攥住夏凡的手臂，他的手连同夏凡的手一起颤抖。五个指甲全都被力量劈折，丝丝地渗着血。

“我必须去！”夏凡边试图挣脱边恶喊道。

“我求你了夏凡！千万别告诉老师！”他又开始带着哀求。

夏凡有点迷了心，一心觉得他是在演戏。门开着缝，夏凡迟迟没踏出去。

他踏不出去，因为廖影的手像手铐一样铐住他，唯独拿到他的钥匙才能打开。

“别去了，都挺好的。”他每说一个字气势都减弱好多，好像是在为后面积蓄着力量。

“谁挺好的！？是你挺好还是被你折磨的我和若璇挺好！！你说！！”夏凡青筋暴起怒不可遏地喊道，冲击着每一丝嗜血的黑暗。所有的人都静止在画面里，戏剧性地成了廖影带来的麻木的看客。廖影松开手，收起强大的力量，甩开想扶他的手，弱弱地靠在墙边，注视着那茎向日葵。

外面能听见风雨吹打在旗杆上清脆的声音，仿佛有一万个廖影在黑夜中蓄势待发。夏凡也静止了，脑海中想：多想那一刻我也只是个目瞪口呆的看客。他的怜悯又流淌出来了，收起要找老师的决心。可是这个时候，廖影的班主任——谢老师闻声走了进来。

夏凡也吓了一跳，他根本没用任何方式告知老师，谢老师怎么会来？他会不会揭穿一切？夏凡的心跳又急速加快，他能清晰地在屋外的刀枪剑戟中听到自己恐惧的心跳声。可是，更加没想到的，是廖影，他看到谢老师那一刻腾地一下站起来，对着夏凡怒目而视。

“怎么回事啊廖影，我们出去说吧。”老师急切的样子不知是真是假。

“没事老师，没事。”说着这句话，他把所有像短刀一样恶意的目光生生剜在夏凡的眼中。他向夏凡走进了两步，咬了咬牙说了声：“谢谢你。”四周的同学上前几步拉着二人，恐怕廖影会动手打夏凡。突然，他的脸又变得无比轻松，仿佛是夏凡刚刚帮了他一个忙。

外面的雨变大了，还打了一个闪，明亮到足以揭露所有黑暗。廖影跟着老师走出办公室，也收走了所有他释放的力量。

雨停了。深深的夜晚，夏凡一个人走回家。再次行走到那条幽暗的小路时，夏凡加快了步伐。那周遭的黑暗很熟悉，仿佛有无数双廖影的双眼在愤怒地注视着他，所有的黑色的雨雾都是下一秒就能浸透夏凡灵魂的硫酸，从他的皮肉开始慢慢腐蚀。夜灯更昏暗些，看着自己的影子，隐隐感觉那个人名字中的“影”在暗示什么，想到这里夏凡不寒而栗。

明亮的教室中，谢老师叫来了廖影的母亲，一切即将真相大白。

学生会办公室的门没锁，门半掩着。向日葵准备彻底枯败了。

七

从他到家到现在已经过去一个多小时了。秒针不安地向前探首走着。

“喂，是夏凡吗？”

“对，谢老师，怎么样了？”

“已经跟他母亲谈过了，她母亲说不知道廖影的任何症状，也没带他做过什么手术。”

“啊？！”虽然隐隐感觉到，但终究还是接受不了这个事实。

“你不要太激动，这件事不要声张，他母亲也很诧异，承诺会带他去看心理医生。他的事也会在学校进行备案，学校的心理咨询中心也会尽力帮助他。”

“啊……好……谢谢老师。”夏凡强装镇定。

“啊，对了，谢老师您是怎么知道刚刚他吐血的？”

“哦，是平歆去了你们办公室，门好像开着，她看到了，然后跑来告诉我。”

老师突然又想起了什么：“对了夏凡，这件事你要继续装作不知道实情，以免他知道你戳穿他后会做出什么对你不利的事情。他的精神状态可能会发生变化。明天再细说吧。”

可是他根本不是那样的人啊！夏凡想着，挂掉了电话。陷入深深的恐惧中。

那盆向日葵彻底死亡了、腐烂了，没人再去浇水，没人再去施肥。大概是被那一夜的黑暗窒息了。有人把那盆向日葵扔了，因为没人忍心看它腐烂的样子。向日葵虽然向着阳光，但灿烂之下的背影也最黑暗。

后来从老师那里得知，廖影的父亲在他小时候就去世了，于是在这些年的成长过程中，少了许多父爱会给他带来的安全感，所以他不得不四处寻觅一种安全感，并且把自己伪装起来以博取大家的关心。所有的一切都是他精心安排的，所有的一切只是一场表演，一场过于真实的戏。大概他所有的沉默，只是因为嘴里含着暗色的血浆吧。

从那天起到如今夏凡在英国念书，他们之间的联系频度为——零。

他至今还在想他到底是亏欠廖影还是这是廖影欺骗别人应得的报应。夏凡和女朋友漫步在英国伦敦的英国国家美术馆里，看着五彩缤纷的画作。他突然想去看看凡·高的那一幅《向日葵》，凡·高认为这些向日葵是他最得意的作品。高更来到黄色小屋时，在这幅画前矗立了很久，并盛赞了这幅画。夏凡看着那幅画，画上浓腻的调子仿佛是一个混沌而又迷惘的过去。夏凡以为当年的向日葵是廖影送给安若璇的，或许，是送给他的。

他挽着女朋友的手，仔细地端详着。在这幅画的下面，有关于它自己的简介。其中，写着凡·高的一句话：

“我想画上半打的向日葵来装饰我的画室，让纯净的或调和的铬黄，在各种不同的背景上，在各种程度的蓝色底子上……我要让这些画配上最精致的涂成橙黄色的画框，就像哥特式的教堂里的彩绘玻璃一样。”

高更在离开黄色小屋14年之后，在他的笔记里写道：“至今萦绕在我脑海里的，都是那向日葵。”

父亲

吴青陵

随着哇……哇……婴儿的啼哭声，一个瘦瘦的小男孩来到了这个世界，医生抱着小男孩轻叹了一口气，转脸微笑着将孩子抱去母亲的面前。孩子的母亲此时面色看起来已经很憔悴，没有一丝血色，眼睛也没有睁开，显然已经疲惫不堪，受尽了折磨。母亲用额头贴了贴孩子面庞，露出了一丝安慰的笑容。

随着护士的传达，一个高高瘦瘦的男人满心欢喜推门而入，看着孩子脸上露出满满幸福的微笑，激动地问医生："大夫，我可以抱一抱我的孩子吗？"

医生："当然可以啦，来，这样抱着，小心孩子的脑袋，慢慢来。"说着将孩子递到男人手里。

突然产房仪器发出警报声，刚生完孩子的母亲突然病危，医生立即开始紧急抢救，父亲也被请了出去，父亲的脸色瞬间紧张了起来，不停地呼叫着母亲的名字："惠子，快醒醒！你快醒醒啊！"父亲跪在产房急救室外，双手无力地撑着门，脸上的笑容瞬间消失了，脑海里浮现惠子有一次晕倒了，被送到医院，医生在惠子从昏迷中清醒过来后，告诉他们她怀孕了，但是又患上了乳腺癌。不过还好发现及时，可以治疗控制，但医生建议把孩子做掉。惠子听到这个噩耗瞬间哭成了泪人，她坚决要保住孩子。

就在此时手术室的门被打开了，一位穿白大褂手里拿着手术同意书的男医生，一脸焦虑地对父亲说："周先生，您太太需要尽快手术，情况危急可能会有生命危险，请您在手术同意书上签字！"

父亲的眼眶湿润了，强忍着不让眼泪掉下来，接过医生手里的手术通知单和笔，签下自己的名字，当写到最后一个字的时候，父亲的手颤抖了一下，字迹写得尤其地重，似乎要将这张纸捅破。医生见状立即拿回签完字的手术同意书，转身快速进了手术室。

此时父亲再一次陷入回忆：有一天，妻子突然带着丈夫去了一趟集市，买了一棵重阳木的小树苗，回到家妻子拉着丈夫的手神情很凝重说："国骏，答应我，照顾好我们的孩子，无论发生什么事，如果我真的活不了太多时间，这棵树就像我一样会一直守护你们的，好不好国骏，我求你了。"丈夫看着妻子，心里有说不出来的痛苦，他很想告诉妻子不要生这个孩子，因为他清楚地知道如果她坚持要这个孩子，可能会真的要了她的命，可是妻子态度坚决，他是一点一滴都看在眼里记在心里。他很无奈，只能将妻子紧紧抱在怀里。

经过了数十个小时的抢救，母亲的病情稳定下来了，国骏这才松了口气。伴随着孩子的降生，母亲的心情也好转了起来，可能是孩子让自己对求生的欲望更加强烈了，很快母亲便出院了。

国骏的事业也越来越有起色，成立了一家小公司。他整日忙于工作无心照顾家里，惠子一个人挑起了家里所有的家务活。惠子把孩子照顾地很好。惠子是日本人，擅长绘画和民族舞蹈，毕业实习课来中国江苏参加演出，演出之后的聚餐上认识了现在的国骏，后来两人一直保持联系，两年后惠子突然跟国骏提结婚，国骏答应了。惠子很漂亮，中文也很好，很善良，所以国骏在第一次聚会上就喜欢上了惠子。

国骏已是小小成功人士，身边自然多了很多年轻貌美的女人。国骏一次喝多了和自己的下属王欣欣发生了关系，因此王欣欣借此不断纠缠国骏，一心想上位，告诉国骏自己怀孕了，要他和惠子离婚，但国骏很爱自己的妻子，并不想和惠子离婚。

王欣欣得知后便以各种手段要得到国骏。她开始调查惠子在结婚前的两年间突然结婚的目的。王欣欣找到了惠子的前男友，伪装成他妻子的闺蜜去见了面，得知两人之前很相爱，惠子给她前男友写过一些亲笔信，信的内容是惠子和他前男友的一些誓言，甜蜜的思念和对未来美好生活的向往。最后一封信的内容是惠子知道自己患有和母亲一样的疾病，不想伤害自己深爱的人，所以要离开男友，并希望自己爱的人忘记自己，重新自己的生活，而她也会去找一个自己不爱的人去生活……

王欣欣借机将这些信都留了下来，以国骏前妻男友的名义将信寄给了国骏。

当国俊看到这些信的时候脸都气绿了，感觉自己是被欺骗了，感情被利用了。他愤怒地开着车回家，见惠子正在做饭。他不顾孩子的感受，大手抓着惠子的头发，将她直接从厨房拖到卧室，惠子拼命地挣扎可也逃脱不了国骏的手掌。他恶狠狠地踹了惠子一脚，大骂："你他妈就是一个贱人，你他妈的就是一个骗子！"惠子的嘴角流出鲜红的血，儿子害怕地躲在衣橱角落不敢出声，手一直在揪着自己衣服的角边。

惠子看到了孩子惊恐的表情，心里很是无助，不知道到底发生了什么，也不知道怎样才能逃开，她直接晕过去了。

这时国骏才惊慌失措，愣在那里几秒后赶紧掏出手机拨打急救电话，惠子就这样被送进了医院急救室。可是她再也没有出来，国骏变得焦虑不安，开始反思自己的行为，开始后悔自己太冲动，可是一切都晚了。

惠子已经去世了，医生告诉家属，病人的癌症已经很严重了，但一直没去医院治疗，最近身上又受到创伤，最终导致抢救失败。

自从惠子去世后，国骏像变了一个人，每天喝的醉醺醺的，公司也不经常去了，他在公司的股份也被收购了，公司已经不需要他了。

他拿着这些钱天天买醉，儿子已经上学了，但他也很少照顾这个家。儿子被妈妈教得很好，很懂事，从很小就会照顾自己，现在也在照顾父亲。儿子心里很恨父亲，因为父亲害死了自己的母亲，是父亲杀死了母亲，害他没有了妈妈，从小失去了母爱，可是他没有办法逃开，只能等到自己长大才能离开。

父亲想弥补儿子，可是他再也没有以前的能力，为自己的儿子和这个家创造更好的条件，他只能靠体力活来维持家里的生计！父亲知道儿子想去日本读书，于是更加卖命地挣钱，不顾白天黑夜地工作。

有一天父亲倒下了，被工友送到了医院检查，发现患有脑溢血和严重肾衰竭。父亲听到这个噩耗，并没有觉得很难过害怕，反而有一丝欣慰。

父亲并没有告诉儿子自己患病的事情，他知道儿子因为母亲的去世很恨自己，他也希望儿子可以不要再因为他的死而难过，所以儿子恨自己也无所谓。

父亲终于等到儿子要走的这一天了，儿子将要去他想去的地方，也可以好好照顾自己。父亲早早给自己买了一份高额意外保险，想用自己的命再给儿子攒一笔费用。

看着儿子离去的背影，父亲脸上露出了复杂的笑容，转身走到树下，手抚摸着树枝说："咱们的孩子周重杨木终于长大了……"

说完父亲开着很破旧的车出了院子，再也没有回来。

树下埋了一个小铁盒，里面有一个小日记本是父亲的。

"2013年6月18日，我早该想到你嫁给我的那一刻，你是爱着我的，而我的爱变成了伤害！等咱们的孩子长大我就来陪你……"

淑云和春生

王艺静

他和她生在少生孩子多种树的年代。

他家在村东，跟她家隔了三条路，他叫春生，她叫淑云。他是家里的老小，她是她家老二，他们的故事从放学收地，上学练功开始。

那几年包产到户和计划生育是大事，超生就是养活不起的意思。春生和淑云就是国家政策之外的那一撮孩子，扔了可惜，多了难养。同年，城里体校下人到村里选拔体操运动员，包吃住，春生去了淑云也去了，家里少个人少张吃饭的嘴。公共汽车里坐着一车孩子，车后跟着尘土飞扬。

前手翻转体，展体后倒立，一练数年，日子很长，时间很短。

淑云成绩好，不善言谈，长相讨喜。春生要强，成绩虽好，压力也大。队友常说，一个地方出来的拼劲都足，耐心和韧性都好出一截，脾气倒不太像。他和她被选入国家队同是第一，淑云心欢。春生问，“我要是没这本事咋整。”“你说咋整就咋整，我陪你。”淑云说。

84年队里选拔奥运选手，春生知道淑云技术好，女队竞争压力不大。春生没底，心高气躁失误频繁。春生害怕，害怕淑云被选。后摆屈体，分腿前空翻，淑云不闪眼直盯单杠上的春生，脚趾蜷缩，心头一紧。落地，淑云安心。后摆团身前空翻，淑云落地，动作未完，教练冲上台，春生抱起摔倒在地的淑云。体操这碗饭是吃不下去了。韧带断裂，淑云养了半月，拖着伤病回到老家。春生备战奥运会，一举夺冠。获奖后的采访，春生抱着奖杯，哭了又笑了。淑云看着电视，笑了又哭了。

尘埃落定，春生回到队里训练室，安上杠上的螺丝，收拾物品，出门买了几枝玫瑰，买了张回老家的公车票，重回老家，尘土飞扬。

浴水

李昌荣

有一位科学家说过水是有记忆的。它们有能力吸收与保留讯息，所以每一颗水滴都长的不同。这句话是托马斯在大约三年前看的一则电视新闻报道听见的。他始终都忘不了这句话。

托马斯是一家电脑维修中心的电话服务员，每天上班他都与数百位陌生人通电话，解决他们在电脑里所面临的各种问题。托马斯也是三年前才开始当一名电话服务员，他也不清楚为啥要做一名电话服务员，以他的学历他应该有能力在条件更好的地方上班。也许托马斯心里希望有一天，在那几百通拨打寻求帮助的电话中能再次听见她的声音。托马斯每天下午五点下班，六点半到家。他似乎没有朋友，而也许他们也在三年前就消失了。他的家非常杂乱，杂志，报纸满地乱撒，窗帘也堆了一层的灰尘，托马斯不在乎，因为除了他家里已经好久没有任何人踏进门了。上一次有人踏进他的家也应该是三年前，那个人是她。托马斯走到厨房从冰箱拿出一个蛋，还有前天剩下的白菜，又从纸箱里拿出一包方便面。厨房里堆满了一箱箱的方便面，全都是咖喱香辣味，托马斯估计十箱方便面每晚当晚饭吃应该能让他维持一年。托马斯先把面和菜扔进锅里煮，他每一次都会把蛋放到最后才煮，因为他只喜欢吃半生熟的蛋。托马斯开着电视，边看边吃，他不在意电视里播放的是什么节目，他只希望电视里的画面与声音能陪伴他减轻心里的孤独。他唯一的伴侣就是那只生活在家里客厅角落的鱼缸里的血鹦鹉鱼。

托马斯每天吃完面后，就会坐在鱼缸前拿着饲料喂血鹦鹉并和它聊天。托马斯每天都会与血鹦鹉聊天，和它诉说当天发生了什么事，聊了大约三小时就会回房里休息。这是他这三年的生活，几乎天天都不变。到了周末，托马斯就会到一个偏僻的小码头钓鱼，老王今天也在码头钓鱼。老王是位已退休的渔夫，每周末都会来到这个码头钓鱼，他也是在这和托马斯结识的。老王每周末来到这小码头钓鱼的原因托马斯也不清楚，托马斯想应该是老王怀念当年捕鱼的时光。而托马斯为啥也每周来这码头钓鱼，也是他不明白的，这是他三年前开始的生活习惯。或许托马斯心里明白，因为这是他经常和她来的地方，她非常喜欢吃鱼所以托马斯答应她肯定有一天会钓到一条鱼煮给她吃。“我真的不明白，你每次都钓不到鱼，为啥每周末我还会在这里见到你”，老王对托马斯说。“你不是常说钓鱼要有耐心吗，我相信坚持就有收获”，老王听了托马斯所说的并没有做出任何的回复或很大的反应，他们俩保持沉默，望着大海。托马斯看着手腕的表，都已经快到下午五点了，他收拾自己的鱼竿与其他钓具和老王告别。这时老王的鱼竿有点摇动，老王使劲地拉，他感觉得出那条与他搏斗的鱼肯定是他今天最大的收获。老王与那条鱼挣扎了大约两分钟，终于看见了那条鱼从水面浮出，那是一条大约一米长的鲶鱼。老王把钩从鲶鱼的嘴里取出，那条鲶鱼在码头的台阶木条上没有挣扎，只是不停地张口呼吸，它的眼睛对视着托马斯，托马斯感觉那条鱼似乎认得他或想告诉他些事，但他也搞不清是什么。老王把那条鲶鱼收进箱子里，这是他今天钓到的第五条鱼。老王边清理他的鱼竿边对即将离开的托马斯说："每次遇见你，都会有好收获，真希望有一天我也能带点好运给你。"托马斯没说话，对老王笑了一下就掉头离开了。他心里非常清楚，他钓到鱼的那天应该是她回来之日。

今天上班托马斯接了两百五十一通电话，他这三年的工作经验使他发现了，这世上有许多孤独的人。这些人拨打服务热线其实都不需要任何帮助，他们只需要聊天的对象，听一听别人的声音弥补自己心里的空虚。托马斯接到这些电话时，也没立刻把电话挂掉因为他也明白他们的感受。人在很多时候都需要别人何况是陌生的人来弥补自己心里的空虚因为这样会使自己在那短短几分钟里得到些快乐。

下班时，托马斯还是吃着方便面配蛋，今天唯一不同的是在面里加了两片火腿。从那天与老王钓鱼已过了一天但他还是忘不了那条鲶鱼望着他的眼神。吃完面后，托马斯又坐在鱼缸前看着血鹦鹉，血鹦鹉在那大约一米五宽的鱼缸里自由地游动。“鱼只有三秒钟的记忆”，这是托马斯上中学时在科学课本读到的。他心里想着，血鹦鹉是否记得他所说的一切，或者它真的只有三秒钟的记忆。但是当那则新闻报道播出后，他开始产生一念的希望。“有一位科学家说过水是有记忆的。它们有能力吸收与保留讯息，所以每一颗水滴都长的不同”。从那天起，托马斯开始苦学摩斯密码，因为海豚在水里是靠着水震波传达信息。如果他把想说的用食指以摩斯密码的方式敲着鱼缸的玻璃片，信息会化成水震波传达给血鹦鹉。即使血鹦鹉只有三秒钟的记忆，但是水有能力吸收与保留讯息的功能。托马斯已经维持这个习惯三年了，他不知是否每次与血鹦鹉聊天，它到底能不能理解，因为血鹦鹉每次都只会望了他一眼然后游走。托马斯没放弃，因为他相信血鹦鹉会把一切告诉她，或许她回来后能通过血鹦鹉了解这三年没有她的日子自己是怎么过的。因为她离开的那天，唯一留下的是那只装在透明塑胶袋的血鹦鹉鱼，也或许血鹦鹉就是她。

又到了周末，托马斯和老王依然在码头钓鱼，今天的天空灰暗，乌云密布，刮着风，水浪也比平时的大。“今天的浪那么大，我看今天又没有收获了”，托马斯对老王说。老王笑着回复，“你啥时候有钓过，你就吹着海风放松心情呗”。眼看风越来越大，托马斯打算早点撤，他开始收拾身旁的钓鱼设备，这时他挂在码头旁的鱼竿有了些摇动。老王看见了托马斯的鱼竿，“还不赶快拉！”托马斯立刻放下正在收拾的钓具，赶紧地使劲把渔线卷起，老王在一旁帮着他拉着鱼竿。这时的气氛非常紧张，老王与托马斯使劲地把鱼钩上的鱼拉上岸。经过大约三分钟的搏斗，那条鱼终于露出水面，那也是一条鲶鱼。托马斯把鲶鱼拉到码头的台阶上，这条鲶鱼比老王上周钓到的稍微小了点。托马斯看着这条鱼，心里感到非常欣慰因为这是他三年里唯一的收获。托马斯心里想这也应该意味着她应该快回来了。这条鲶鱼和老王那条一样，在陆上都没什么挣扎，只是不停地张口呼吸。这条鱼的眼神也和老王那条不一样，这是托马斯能感觉的，但是他不在乎因为他心里产生了一个他三年没感受到的感觉，喜悦。托马斯小心翼翼地将鱼钩从这条鲶鱼的嘴里取出。鲶鱼的呼吸越来越缓慢，他打开小提箱，里面装了半箱子的淡水，接着双手紧抓着躺在码头台阶上的鲶鱼把它放进箱子里。“今天总算不用空手而归了”，老王笑着说。托马斯望着老王，以他平常沉默的态度没做出任何回复，只是笑着作为答复。托马斯转头看着箱子里的鲶鱼，它的身体已倒反了，呼吸渐渐地停止。托马斯没什么大的反应，他的心里非常困惑，也不知道是否该做出任何的祈求，他只是蹲在箱子旁静静不动地望着那条鱼。老王察觉出一些不对劲，起身走到箱子那望了一眼，“有些东西不属于你的，勉强也没有幸福啊”，说完后老王就回到他的鱼竿旁。托马斯从箱子里取出那条毫无生气的鲶鱼，慢慢地放进水里。他背着自己的包，提着箱子，默默往码头的出口走去，脑海里一直环绕着老王刚说的话“有些东西不属于你的，勉强也没有幸福啊”。托马斯没和老王告别，这次离开后他也不清楚是否还会再回到这个码头钓鱼。

托马斯回家后，没准备他日常吃的方便面加蛋，也没看电视节目，他只坐在鱼缸前。之前在码头发生的事使托马斯非常心碎与困扰，这感觉使他这三年所相信和抱着的一些希望离他越来越远。他看着眼前的血鹦鹉，希望它能告诉自己她是否会回来。“我应该继续等你吗？”他心里想着。血鹦鹉渐渐地向他的方向游去，它停留在托马斯的眼前双眼望着他。托马斯看着血鹦鹉，眼泪开始从眼眶里流出，最后一次眼泪从托马斯的眼眶流出就是事情发生的那一天。托马斯闭着眼睛，慢慢地将额头靠在鱼缸上，血鹦鹉这时也游向托马斯。托马斯伸起右手的食指靠在鱼缸上，以摩斯密码的方式拍着九下，打了三个英文字母，“I”，“L”，“U”。血鹦鹉似乎了解托马斯的意思，在托马斯打完三秒钟后，它就掉头游走了。这时，被托马斯掩埋在脑海里三年以前的回忆，都浮现出来了。

今天是周六下午，蓝天白云，码头没见到老王的踪影。整个码头只有托马斯一个人，他没带鱼竿或任何的钓鱼设备，只有装着鲶鱼的小提箱。他坐在码头的台阶上，打开箱子，双手小心翼翼取出被装在箱子里的血鹦鹉。血鹦鹉在缺水的情况下挣扎的力比鲶鱼大许多，托马斯慢慢地松开手，血鹦鹉从他手里落进水里。血鹦鹉并没有游上水面看托马斯一眼，它往水底游，渐渐的血鹦鹉就从托马斯的视界消失。托马斯心里其实希望血鹦鹉能回头看他一眼，但是它没有。今天的码头格外宁静，生长在码头后的那片小林的小动物发出的叫声如唱歌似的，水浪平静，吹着淡淡的海风。托马斯心里有种特殊的感觉，那种感觉像是一块压在心里三年的大石头终于被搬动。托马斯望着大海，这是他第一次感觉这个码头的美。他打算重新改造自己的人生，再也不吃方便面。“谢谢你之前对我的好，我希望你在另一边也会很开心因为我也会开心地活下去。”这时太阳已快下山，夕阳印在水面上，金光闪闪，这是托马斯这三年里看过的最美丽的夕阳。

霾

森明佳

2014年11月29日，星期六，苏佳坐在一辆红色的尼桑小轿车里，低头看了一眼手表，现在是凌晨一点钟，车里的广播重复着白天的新闻：好，那么下面是天气预报，气象局今天发布了空气污染黄色预警，今晚的空气污染指数将达到300，请市民朋友们减少出行，若必须出行请戴上口罩。

车子行驶在雾蒙蒙空荡荡的环路上，在环路的边缘，一群工人正在进行道路修理作业，身着橘红色的工作服，所以即便在这样的天气里，还是引起了苏佳的注意。苏佳目不转睛地盯着他们，脱口而出一句话："其实，对于这些人来说，最可怕的不是雾霾，是现实吧。"

老于开着车，随口回答道："是啊。"

苏佳冷不丁地转头看向老于："你什么时候能给我一个名分？"

老于没有回答，继续开着车。苏佳把头转回窗户的方向。

车子从工人们的面前一扫而过，张程停下手中的工作，抬头看着车子，驶向灰色的远处，直至不见。张程低下头，继续工作。

2025年的初冬，首都北京，灰蒙蒙的一片。各家各户的房门是紧闭着的。街上走着的是尸体般的人，防毒面罩下看不到每个人的面孔与表情。整座城安静极了。

张程穿着工作服走在街上，超市门口的屏幕上播放着美国的火星移民计划，声音格外清楚，墙上张贴着空气净化器的广告，这几年价格实在是涨得不像话。张程继续往前走着。走到自己将要管理的区域，准备开始道路作业。就这样，张程普通的一天又开始了。

一天很快就过去，张程来到休息室中，摘掉面罩，换衣服，准备回家。休息室中的新闻播放着又一则入室盗窃空气净化器的案件，不过这次不凑巧的是那个贼被发现了，并判了刑。现场直播的记者也带着面罩，看不到表情，异常平静的声音。

张程的几个工友在旁边议论纷纷："又是一个倒霉的家伙啊，嗨，其实这净化器也不是那么管用吧，何必去偷呢。"

"哎，就是就是，要我说啊，接受这现实吧。呵呵。"张程没有理会，也没有参与那些谈话，在他看来，只有回到有着妻子和儿子的家才是温暖的。

他走过那条来时的街道，往回家的路上走去，街道没有任何变化。

走到家门口的时候，张程露出了一天中少有的笑容，打开门："我回来了，露露，爸爸回来了！"

露露没有像往常那样跑过来，给张程一个拥抱，妻子坐在沙发上，脸上是疲惫，微微地笑了："回来啦。"

露露躺在妻子的腿上，额头上盖着一块毛巾，单纯天真的眼睛看着张程："爸爸。"

张程看到后，慢慢地走了过去，坐在妻子旁边，问："怎么了？露露生病了？"

妻子很平静，甚至带着笑容说："孩子发烧了，今天去医院检查了，医生说，孩子太小，抵抗力太弱，肺，可能……"妻子的眼泪一滴一滴掉下来，张程愣住了，仿佛突然明白了什么一般，但他什么也没有说，只是搂住了妻子，转头看向窗外。

第二天，张程依旧走在上班的那条街上，经过那家商场门口时，他停了下来，转身看到了空气净化器的海报，他就停在那里，无神的灰色的眼眸看着，又转头看向电视里的新闻，新闻播报着继续快速发展道路的进程。顿了顿，张程依旧走向工作的岗位。

苏佳在卫生间，看着自己浮肿的双眼，洗了把脸，用手把脸上的水蹭干净，眼泪却还是想流出来，她把睡裙脱下来，走进了浴室，打开了水。

一天的工作结束了，张程给家里打了个电话，简单地说了几句，说的是，晚上又得熬夜班了，就不回去了。说完，张程脱掉工作服，走出休息室。他戴着面罩来到一个小区，仰头看去，楼在雾霾中显得未知与高大。

苏佳闭上眼睛，仰面，接受着温暖的流水，她睁开了眼，泪与水混合在一起，打在地上，像倾盆大雨。

张程随机按了一个楼层键，到了七层，左右看看，选择了右边那一家。他敲敲门，并没有人应答。于是，他将一根铁丝插入钥匙孔内，把锁撬开。进入了这个家。

家中家具陈列很简单，几乎全是白色的，给人一种很舒服的感觉，没有过多的家具与摆设，格外扎眼的，就是在这一片白色的环境中，角落里的一群五颜六色的娃娃。娃娃旁边的小柜子上，摆着一个木制相框，一张合照，一个女孩与一个男人，这张照片显然是抓拍的，两个人都很随意，男人抽着烟，女孩凑巧回头看到了镜头。张程看了看后，意识到自己并不是来参观的，于是找到了客厅里的空气净化器，他快速拔掉插销，准备抬走。

苏佳用手拂去镜子里的水蒸气，看着镜子里的自己，把湿漉漉的头发捋到脑后，嘴角努力地向上扬了扬，套上裙子，离开了卫生间。

苏佳关上卫生间门的声音惊动了张程，他还来不及抬走空气净化器，便赶紧躲到了厨房的桌子后面。苏佳哼着小调，用毛巾擦着头发，在房间里走着。张程很紧张，安静地听着，他看到了一把刀放在对面的台子上，想起新闻中那个被抓住的男子，他起身，想去拿。可听到苏佳哼着小曲的声音，他又静静地缩回身子。他的手心出了汗，双手摩擦着。张程抓了头发，咬了咬牙，起身离开，迅速地关上门，从安全出口的楼梯，跑到了一楼，蹲坐在楼梯上，喘息着。

一个没有戴面罩的快递员走入楼内，经过张程，进了电梯。门铃响了，苏佳擦着头发，走到门口，打开门，快递员微笑温柔地说：“苏佳小姐，有您的快递，请签收。”

苏佳以礼貌的微笑回敬了他：“谢谢。”签收后，快递员走了。苏佳关上门，好奇地歪头看着。当看到寄件人的时候，她愣住了，把快件轻轻地放在了桌子上。发了会呆，依旧没有打开。她向窗子走去。

张程沉静了，起身，忘记戴上自己的面罩，推开门，走了出去，他就这么走着，忍不住转身向上看了一眼，可却什么也没有看到。苏佳贴着玻璃，望着窗外，眸子里印出来的是雪花。

下雪了。张程转身走去，雪花落了下来，他的背影逐渐消失。苏佳起身朝桌子走去，经过空气净化器时，她扭头看到插销拔掉了，但并未在意，也未再插上。打开快递，是一张婚礼请柬。苏佳看了一眼，合上，放在桌面上，转身走向窗户，坐在窗户旁，转头看了一眼旁边小柜子上的照片，用手摸了摸，再转头看向窗外，苏佳笑了。

张程家中，露露在看动画片，里面的蓝天，在她清澈的眸子里呈现了出来。

蛮夷

章元钊

这几天肚子胀，晕眩过后吐出来的全是苔藓般的液体，或许是因为烤鸟的时候忘了洗，直接就着羽毛燎烤，也可能是抓鱼的时候忘了扔掉胆泡，吃着满嘴苦涩。祖母在给我连续服用两天阿莫西林都不管用后决定去找神婆，因为她觉得我的病不能再拖下去了，必须找正确的方式治疗。

在祖母牵着我去邻村时，我一路上不停地用赤脚踢开石子来表示抗议，希望祖母能注意到我的不情愿。但7岁孩子的暗示是大人们永远不懂的，把沾着泥巴的石子踢开，我只收获到了自己脚趾的痛感和祖母微嗔的责骂。我厌恶神婆，我厌恶那个满脸灰褐色褶子的老女人，我厌恶她褐红色糙手上凸起的筋脉，像是板结土地上游走的树根，我厌恶她身上混杂着线香的血腥味……

20分钟后，我和祖母到了那间破旧的白墙青瓦房。祖母去找神婆谈价钱，我在几十条腿之间挤开一条道路，尽头是神婆在工作……神婆本是个普通妇女，她原本的名字人们早已忘记，几十年的农田劳作塑造了她粗壮的肢体。她的通鬼之路是从儿子被大队干部失手打死，丈夫掉进水田里的机井淹死之后开始的。家里就剩下她一个人之后的两个月，她跑遍村子的每个角落，趴在母水牛的角上隐隐哭泣，追打朝鸭子丢石子的细伢子（小孩），终日坐在门口烧干野草念念有词……

就这样，在全村人都觉得她疯了之后，她在村口细公公（我祖父的弟弟）的打铁铺前画符，焚香，祷鬼。全村人都看见她大白天的和自己丈夫聊天，那个死人浑身泡得青紫肿胀，握着神婆的大手掌，用人听不懂的语言向神婆诉苦。据神婆翻译，他是害怕被人遗忘，害怕被丢在只有一个圆形光亮的黑暗之中。在神婆被死人抓着手的一刹那，我觉得她神圣至极。村里的老人家们抹了抹浑浊的眼角，低头缓慢地向我解释说神婆身上的淡淡白光是阴间白无常的衣服的反光。

我没有听懂老人的解释，我的注意力一直在那个死人身上，那是我第一次见到的活着的死人，很多年后我回到家乡还在村外车站的堤坝口上遇见了他，那时他已苍老不堪，可惜他看我的眼神很是陌生，或许是我身上已经全是异乡人的气息，又或是他根本就不认识我，毕竟我离开的时候还太小。死人脸上还粘着永远摘不下的墨绿色的水草，他的愿望得到了实现，他成了阴阳两界的邮递员，和他的老婆一起被人们记住，虽然他们的事业注定会在几十年后随着神婆的老死而结束……

脱掉上衣的我被推到那个普通的妇女面前，神婆把手上的鸡血在身上擦了擦，伸手摸我头，我畏缩地往后扬了扬头，但还是被按住了额头。神婆的手指在我头皮上掐按了几下，像是在敲打未熟的西瓜。在被灌完一碗浓稠的散发着腐烂水草气味的液体后，阿婆牵着我走开，结束了这次的问神，比我想象中要短得多，药水的味道却跟我想象中的一模一样。付完5块钱后，祖母坐在角落和住我家隔壁的矮老太婆闲聊。

更好玩的事情还在后面。一个小脚老太太挪到神婆面前，询问自己地下的老父亲的状况，原因是她晚上做梦，父亲向她哭诉自己没有收到女儿清明烧的钱，被勒索的小鬼剖开肚肠。神婆在两分钟的抽搐之后，把垂下的头，猛地一抬，捂着肚子大哭，抱着小脚老太太，抱怨自己的纸钱都被其他的游魂抢去，没钱应付阴差，而且棺材被老鼠咬穿，自己的大脚趾都被吃掉。老太太听到这愧疚万分，捶胸哭喊着“女儿不孝”。看着痛苦的两个女人，我感到很是好玩。神婆坐在一张八仙大桌的蒲团上，周围燃着的线香呛得人难以呼吸，父女横跨阴阳的交谈也只能在烟雾缭绕中变得模糊。我看着这个原本感人的场面，却只觉得滑稽。因为神婆的鼻涕涂到了老太太的肩膀上……

和祖母一起回到家之后，我差点把刚喝的药水吐出来。祖母照例在送子观音娘娘面前插上香。家里只有我一个男丁一直是祖母的心病。当初快生我妹妹的时候祖母天天求娘娘赐子，等到我妹妹被抱出来之后，祖母一边兴奋地接过，一边遗憾自己心不诚，被菩萨怪罪。

“还拜什么呀，我妈都结扎了，拜她也没用……”我满不在乎地说。

“乱说，细伢子口，杆巴子揪，你还小，菩萨不会怪你的。”

在妹妹出生后，拥有四个细伢子的计生干部找上我家，要求坚决贯彻国家计生政策，全力让我妈结扎。谨慎怕事的祖父咬牙让我妈去县里做了结扎手术，为此父亲和他吵了无数次架，直到祖父死后还埋怨着他。但祖母供奉观音娘娘后来已经和子嗣问题无关了，她总是在神像面前絮絮叨叨，内容从家里丢了只鸡到和前坞的女人吵架，观音娘娘已经成了祖母的宗教慰藉。

祖母蹲在门槛后，用铁臼碾着干辣椒，呛人的辣味让我流出了眼泪，我扭头回看着太婆的遗像。在烟雾的遮蔽中，我看见太婆嘴角笑了起来。我开心地大喊，祖母，你看，太婆笑了。祖母头也没抬“我在这，她可不会笑”。我又回头，太婆的笑容变得有些尴尬和愧疚。

祖母戴上套靴和扁担，下湖田打机井去了。孟兵来找我出去玩。这个小孩有神经抽搐症，比我大4岁，永远是脸色苍白，没说几句话就翻个白眼嘴角抽一下，是我唯一的朋友。我们俩蹲在我家门口刮青砖上的苔藓，混合了半只柚子树上的青虫，以及各种我们能得到的材料研制出毒药，但我们很快失去了兴趣，没有来得及在孟兵家的黑狗身上实验。于是我们去放笼子，在布满绿锈色浮萍的小河道里，总是充满着黄鳝、螃蟹和叫不出名的小鱼。我们走过田间小路，水田里竟然结了一层薄薄的玻璃般的冰，对于这种南方的山村，今年是个难得的奇寒的冬天。我和孟兵踩过及膝的冻死的禾苗之间，漫天的白鹭被惊起，白色羽毛遮蔽住了青色的水田。那些白色大鸟味道远远不及家里的母鸡，肉质太老，应该是我们拿火烤的手法不对，从家里带来的盐和酱油无法入味。吃遍各种鸟，还是斑鸠和麻雀最是好吃。孟兵有个嗜好，吃鸟只吃翅膀，吃鸡却只吃腿，按照他脸部抽搐着的解释，鸟的翅膀最有力，鸡的腿最有力。对于他这个嗜好，我大力支持，因为所有鸟都只有两个翅膀。在我们谈论着这些的时候，孟兵家的黑狗走过，病恹恹的，我和它打招呼也不理。难道是它听见了我和孟兵关于黑狗肉最好吃的说法？

在水渠边，我们碰到了孟兵的太公，那个八十多岁的老人正拖着一棵刚被砍倒的枯木健步行走。黄昏的阳光碎碎地流动在老人身上，把他衬托成一尊年老的天神。老人看了我们一眼，呵呵笑了一声："憨崽哩，这么冷还来放笼子？"

"额，我们没事干。"孟兵怯怯地回应。

"没事就去下湖田。"太公带着笑意吓唬我们，便转过身缓慢而又有力地拖着枯木在结冰的路坑上面行走。其实太公和我同辈，即使我们相差八十年，我仍然只需要叫他"哥哥"，所以孟兵也要叫我太叔公。虽然他从来没有这么叫过我。

在我们布置好笼子之后，水面上开始出现一些小坑，那是雪子扫下来了。毫无预兆的，雪子变成雪花，我从未亲眼见过的一种东西敷落在我脸上。在这个偏远的南方，被流放之地，难以见到这种奇怪的漂浮物。真他妈的冷！

我和孟兵呼啸着跑过学校门口的红色石子路，我赤裸的双脚踩在混杂雪和冰的石砾上面，竟有莫名的快感，刺骨的寒风在奔跑之中也被身体散发的热量给捂暖。孟兵拿着刚从学校小卖部买的辣条咬牙切齿地吃着，全然不顾鼻涕即将滴在嘴中。他抽搐的白脸竟然得到了片刻的缓解，或许是因为寒冷以及辣味的刺激。他跟上我奔跑，小卖部在我们眼里一闪而过。小卖部老板是个拐子，左腿膝盖以下的裤腿空空荡荡，用麻绳紧紧地捆着。他垄断了附近几个村的理发和黄碟出租的生意。他旁边墙上有几个油漆的白字，上面写着，理发，影碟，杂货……

孟兵比我先跑到村口，毕竟他比我大了4岁，我其实还是个婴儿，如果要以文明人的看法看的话。他像个发现吃食的鸭仔，竭声呼喊“下雪了！下雪了！”我们跑回家，孟兵给我搬来个凳子，我踩着垫脚拉上门闩，将门外的寒冷隔离开来。祖父正靠在炉火旁闭眼休憩。我把手迫不及待地贴在炉子上，接着被烫得缩手。门洞里我家的老猫也受不了外面世界的风雪钻了进来，它衰老的毛皮靠着我沾满泥石的赤脚，我们俩用寒冷互相取暖。当初它来到我家就是这样衰老，终日无所事事地游荡，祖母每每一边咒骂要吃掉这个从不抓老鼠的老猫，一边给它的瓷盘里的饭拌上鱼汤。祖母总是这样。老猫也知道祖母的意思，继续无所事事，我知道，这个猫是到我家来养老了，因为我家除了老人就是小孩。除了人类，它在牲畜界唯一的敌人就是孟兵家的黑狗。

九根老头来我家串门，我打开门闩费了好大的劲。他一进来就骂骂咧咧的，但是脸上全无怒容，对于这个，我早已习以为常。我都不用想，那老头还是来找我祖父抱怨的。“文革”，解放，土改，日本人……在九根每句话都带脏字的讲述中，这些农人的灾难都是我对历史最初的来源和理解。

“原先，生细伢子哪有现在这样金贵，戳他娘卖逼的，生十个死五个，死了的洗洗就埋了。”

“莫说了，作恶啊。”祖父似乎不想提起。

“怕什么，哪个人没做过这样的事！我妹子刚生下四天，就被我屋里爷拿锹铲死，一铲下去，奶伢子的手还抓着锹。我就六岁……”

“莫说了，也不要太恨你屋里爷了。”

“不恨？怎么不恨？我妹子做了什么？我姆妈难产是她的错吗？戳他娘的，是他的亲女啊……”

谈话总是在九根和我祖父吵架时结束，但是九根却依然每次都来，因为也就我祖父能够理解他的难受了。我不讨厌九根，也不喜欢他。他一年到头都穿着同一件蓝灰色缀满补丁的棉袄，从四十度到零下，从没有见他换过衣服。他的腿是我唯一厌恶的部位，血管溃烂得像一条条蚯蚓附在小腿上，那是“文革”被批斗的成果，也是他一生的痛苦，永不愈合。他死的时候我没有去看，当时我已经在县城读书。后来每每我去祖父的坟头，总能看见他依然穿着那件棉袄，裸露着那条烂腿，不停地跟我祖父讲话，看到我，还是骂骂咧咧，我却被这骂声流出了眼泪。

晚上我躺在木架床上，反复地难以入睡。我只有盯着昏黄的白炽灯泡，灼眼的灯丝在我的眼里逐渐晕开，灯丝的形状也变得千奇百怪。柜子上的黑白电视机在放《成吉思汗》，那个叫铁木真的蒙古人正在毡房外焦急地等着自己的第一个儿子的诞生，长生天是眷顾他的……

半夜我被悠长凄凉的叫声惊醒，我仔细地听着，却没有听到自己的呼吸。声音依然断断续续地从上面传过来。上面？是在房顶的青瓦上，像狼一样的哭泣声。这个声音像是人，又像是狗，我似乎感觉到了什么，这是狗在屋顶上哭，方向好像是孟兵家，是那只黑狗。我望向窗外，一片柔和的人形白色亮光经过，我看着没有一丝一毫的害怕，那亮光中有的只是哀伤和不舍。

我问祖母这是什么东西，黑暗中是祖母穿衣服的声音。

“细伢子别管，快睡觉！”

接着，门闩被吱呀地打开，祖母出去了。

第二天早上，我又被一阵嘶吼吵醒，不过这次的声音却没有悲哀，有的只是绝望。这是孟兵家在杀猪呢，昨天晚上，孟兵的太婆，那个老天神的老伴，那个为自己父亲脚趾而号啕大哭的小脚老太太，在我看见窗外的白影的同时，死了。猪的嘶叫很凄厉，甚至比昨晚的安魂曲更哀伤。一个生命就要为了另一个生命的结束而中断了。我还记得她拿着衣服追着孟兵怕他着凉，还记得她移着小脚和我祖母祖父哭诉儿媳的虐待。我感到十分兴奋，不是因为老太太的死，而是因为有酒席吃了。

我端着碗跑出家，孟兵的爸爸正在捞起鱼塘里的鱼，渔网像个筛子一样把整个湖筛一遍，一网打尽。健壮的男人下到冰寒的湖水中，用手牵拽着渔网在湖泥中前行。我端着粥碗，雀跃不已，似乎在见证着某种仪式。我用筷子挑起黏稠的白粥，呼出的热气配上淡淡的鱼腥味佐粥。湖边上，是那些还没成熟的小鱼，它们将被重新扔入湖中。这种额外开恩无关怜悯，只是人的智慧追逐利益最大化的举措而已。

那头猪叫了一个早晨，村长拿着解腕尖刀在猪的脖子上捅了个洞。果然是村长，不动声色地了结了一个生命。那个洞中流出的暗红色液体带走了猪的生命力，嘶叫声变弱的同时水也烧开了。村长很麻利地剁下四肢和头颅，作为晚上的祭品。我端着没吃完的粥，久久地盯着猪头看。开水烫过的猪头泡的脸皮皱在一起，眼睛被挤得眯在了一起，露出了长牙。我觉得它在笑，猪头也笑嘻嘻地看着我，似乎为它自己感到高兴，似乎只是泡了个热水澡。细伢子们被眼前的场景所吸引，都全神贯注地看着村长把猪劈成两半，周围的大人们口中带着昨夜饭菜的馊味谈论着晚上即将到来的酒席。这可真让人难过。

村长擦了擦尖刀上的血，把刀丢到了热水桶中。果然，村长是个屠夫……

全村都响起了哀乐，大喇叭要放上一晚上。老天神在孟兵家旁边搭起一个小竹棚，横梁就是那天他砍倒的枯木，给死人们预留的座位，白天的阳光是他们所不喜的。老人们纷纷在死人群中寻找过去的旧识。可是令老天神失望的是，死去的老太太却不在这里面，正在阴司办手续吧。十二天以后，老天神死了，但愿他在路上能追得上老太太。孟兵和我躲在房间里看

《千与千寻》，那个动画片在我小时候看来简直是恐怖至极，父母吃成猪的那个场景让我做了两个礼拜的噩梦。

晚上来得很快，阳光消失后，死人们的座席也变得紊乱，他们开始寻找熟人，死后的世界总是无聊孤独的。附近村里的死人们都来了，从此可见老太太还是个交际挺广的人。我在人群中看到了远在我出生以前就被饿死的太婆，她比遗像上要胖了一些，看样子阴司里伙食不错，没有阶级斗争，比人间好多了。但是我没有找到太公，他死去的年代太久远，甚至一张遗像都没有留下来。或许太公就在这人群中，但是我不敢去问太婆。在我的梦里，太公是暴躁的。

神婆也来了，表示很惋惜，并且解释老太太的死是自愿去照顾父亲，父女团圆了，是白喜事，更何况老太太都九十多了。她的尸体就放在里屋，和外面喧闹的人群只隔着一面木墙。旁边是号哭的儿子和啜泣的儿媳。屋前的空地挤满了人和鬼，中间是请来的戏班子，唱的都是些荤小调。中年妇女抹着白粉，假装自己被自己外甥调戏，人群里不时爆发一些粗野的笑声。某些心虚的老头或妇女干笑着附和，生怕自己的事情被别人知道。但其实所有人都做过些什么，心照不宣而已。不少男人都带着恨意偷偷地看向村长。

死人们不停地夹菜吃，却不见盘子里的菜减少。

在暗弱的白炽灯下，孟兵的祖父不停地拜托各位亡灵，希望能够与自己母亲好好相处。毕竟死人们难得这样聚在一起。我和孟兵不停地灌着汽水，觉得比吃菜过瘾多了，每打出一个嗝，都有一种异常的满足感。桌子底下，是猫和狗在为抢骨头而打架。孟兵家那只黑狗也在其中。我丢下一节骨头，它低着头仔细安静地啃着。它是否真的知道些什么呢？

死人那桌有人吵了起来。

是九根和九根的父亲。他们俩每次见面都没有安生，永远都只是吵架，因为他们无法打架。九根一边扯着脖子上的筋吼着，一边把竹蒸笼上的米粉肉往口里送。这简直是杂技。孟兵的祖父来劝架，把九根的父亲拉到了另一桌。隔着三张桌子的距离，他们果然只是对骂了几句就不作声了。

“畜生崽子！爷老子就不应该生出你这么个东西来！”

“戳打母娘，有卵你还跑什么，来我这儿讲道理啊……”

“逼崽子，爷老子……”

……

吃饭的时候和收钱的时候是办白喜事最开心的时候。吃完饭，把碗筷一撤，饭桌就变成了赌桌，女人们坐在一起嗑瓜子闲聊，男人们则抽着烟在八仙桌上让扑克牌和钞票在手中流转。老天神不知道从哪里出现，吃饭的时候并没有人看见过他。他抓着尸体的手，微笑着看看尸体，再看看烟雾缭绕的牌局，一直都没有发出声音。他的儿子正处在牌局中，他的儿媳则按着计算器，“归零”，面带喜色地计算着这次酒席的利润……

第二天早上，死人们都离去了。送殡的队伍在村前的祠堂停下，村长推开祠堂的大门，上过香之后又让那八个抬着棺材的大汉磕了头，把棺材放在了祠堂边，用铁架固定，下面垫着干稻草，两侧用石灰和法器划出一条道路，所有披麻戴孝的人都要在此磕头下跪，算是最后的送别。和昨天晚上不一样，这一次气氛无比地肃穆，空气中只有蜡烛火焰跳动的声音。几年后，我将再一次碰到这种气氛，那是我上学以后的同桌死了。他的死很是突然，上午还和我在一起吃辣条打架，下午就肚子鼓鼓囊囊地被抬回村。他是溺死的，这是我们山里细伢子们最常见的死法。唯一和现在不同的是，他算是短命鬼，是不能埋进祖坟的，只能放到岭架坟头里去，那里全是早夭的短命鬼。

磕完头，黑狗始终不肯走，一直待在棺材旁边。请来的道士拿着木剑和铜铃念念有词，那只微笑的猪头派上了用场，被摆上了香案。它还记得我，朝我眨了眨眼。神婆对道士做法的程序不满，明明是先点中间那根香，三长两短嘛，于是她觉得道士是弄虚作假，远没有自己来的实际。仪式结束完以后，在神婆的压力和孟兵祖父的砍价中，道士的酬劳减少成了200元加一条芙蓉王。送殡的人群逐渐散去，我走过去抚摸黑狗的短毛……

多年以后，我已经久远地离开了那个地方，成了城市里的文明人。每当我和其他人说起那个蛮夷之地，我总是将那些难以令文明人相信的部分或删去或改动，以便于我更好地融入文明人之中，我不知道这算不算遗忘或是背叛。

在高考前几夜，我在熄灯后的寝室和别人如实说起那个蛮夷之地，他们都说我鬼故事讲得好，跟真的一样……

前天我打电话问起祖母，是否还记得那天晚上的安魂曲，祖母沙哑地笑了笑，“憨崽哩，我不记得了。”

我很疑惑，直到我半夜睡醒，看见床边九根正抽着烟眯着眼看我，黑狗也在啃着骨头。我才坚信地安稳睡着了，我终究还是个蛮夷……

赢家

朱奕洋

“咱们今天真的不去么，钊哥？”依洋放下手中的打印稿，皱眉望着对面上铺那个卷着被子毫无动静的男子。

钊哥闻言悠悠地向右侧翻了个身，露出那褶皱泛黄的床单，慵懒地嘀咕了一句：“你啊，就是胆小死板。不去，肯定没事儿。”说完头便一沉继续睡了过去。只留下愣在那拿着稿子若有所思的依洋。

窗外，秋天的校园已是一片金黄，小道两边的草地上落满了大片大片的鹅掌楸，层层叠叠的蓬松感使每个路过的学子心中的紧张压抑都散了几分。欢快的秋风呼啸着追逐那些飘落的黄叶，它们在空中打转、盘旋，忽上忽下。这种似乎是打破了人类所发现的一切定律和法则桎梏的运动方式引得不少同学驻足思索。

一阵伴着争论的脚步声呼啸着打破了这幅宁静的画面。

“从古代雅典开始就有了雄辩家这种职业，收徒传授如何在法庭上辩说讲理从而使对方占不到便宜的方法。如果说辩论本身没有意义，那是不是说法律裁定者和智者先知们都是一群闲着没事干的傻瓜？请问这算不算是对强调理性的法治社会的一种藐视呢？”一位高瘦的小伙子指着同行的眼镜男的鼻子说道。他大有几分吞吐天地，逼人伏法认错的气势，眼睛奔涌出的精芒令人不敢直视。

“很好，你气势上做得很不错，待会儿我们每个人要保持这样把气势造起来”，眼镜男吸了口气，用食指扶了扶鼻梁上的镜框接着分析，“但是理论逻辑上不能像你这样处理，你这个逻辑误导本身设计得就有些矛盾，这样容易被对方钻空子。你得这样讲……”两人就这样风风火火的在众多目光中从小道上走了过去，身后带起几片落叶……

“钊哥，钊哥！起来，你快起来啊！稿子我都准备好了，咱们再不去会被取消资格的！”依洋皱着眉头坐在钊哥床头不断拉扯着他的被单，希望这个室友能重视起手头的事，但显然他的努力是徒劳的，钊哥依旧没有起床的意思。

“你能靠谱一次吗！”依洋停止了对钊哥被单的拉扯，显然是有些愤怒了。

“啊啊，我真是受不了你这孩子啊，怎么这么较真呢？认真你就输啦！而且我觉得我的计划本身就没有问题啊，你再看看这次的主题啊，是不是？我们的行动是不是就是最完美的说辞？像你这样就和咱的对手没什么区别了，死板、守旧、循规蹈矩，你也不想这样对吧？不然你当时为什么选择和我一样的立场呢，如果你在他们那边，说不定取胜的几率还更大呢。”

“你！”依洋欲言又止，只是把稿子重重得摔在了钊哥床头。

“得啦，你也别生气，刚才这都是我的气话，不要放在心上。咱们现在去吃个早饭，待会再去会场的观众席看看，行不？不过待会咱得把手机都关了，免得被揪出来。”钊哥双手撑在床板上，一脸无奈地看着依洋，接着很不情愿地拿起衣服一件一件往身上套。依洋则依旧板着脸走到自己的桌旁，拿起那些稿件，披上外套准备出门。

两人就这样出了门，在小道上谁也不理谁，只是看着那些飘落的树叶和被树叶铺满的草地。钊哥忽然顶了一下依洋的肩膀。

“喂，依洋，你说究竟是秋风扫下落叶还是落叶追着秋风啊？”

“神经病，尽想些没谱的东西。”依洋夹着稿子加快脚步走开去。

“我宁愿做一片追逐秋风的落叶。”钊哥嘀咕着跟了上去。

两人在食堂用过早餐后，便在一栋白色建筑前停了下来。门口有四个保安站岗，右侧的墙壁上是一张巨大的宣传海报，上面印着“辩论会有无意义——毕业答辩会”几个大字，并附有一些参与的详情与时间。钊哥拍了拍依洋的肩膀，故意拉沉了语气说：“走吧，有性情的人才是真正有价值的人。”像是想要更具些说服力似的，他还深沉地叹了口气接着说：“大不了今后咱一起闯，我决不让你吃亏。”说完便勾住依洋的肩膀拉动着不情愿的依洋向会场的观众席走去。

他们找了一个角落坐了下来，会场的气氛十分热闹，有三五成群打俏的观众，也有在会前和导师套近乎的各路人马，当然也不乏正做校稿工作准备大干一番的团队。

“嘿嘿，现在把手机关机了吧，老李在找咱们呢，你看！”钊哥顶了顶依洋，指着一个焦急地围着会场来回走动，手机贴在耳边四处张望着的中年男人说道。依洋犹豫了一会儿，拿起手中的稿翻了翻，眉头便又皱了起来。旋即他吸了口气，掏出手机把SIM卡取了下来，紧接着把那厚厚一叠打印稿撕成两半随手丢进座前桌子的抽屉里。“唉，有你这个损友我四年大学就没安稳过，这回就放肆一次吧！大不了不要这破文凭了！”依洋狠狠地舒了口气，两人相视一笑。

毕业答辩会照常开始了，那个被称为老李的中年男人自然是找不到已关机的两个反方的学生。导师们纷纷议论着，组织者则是不时地回头看会场的那只大钟，正方以眼镜男为代表的几位辩手则依旧昂首挺胸环顾四周，想必是做足了十二分的准备。观众席也开始慢慢沸腾起来，反方的辩手似乎成了本场大会的焦点所在，在芸芸观众眼里竟变得有几分神话色彩了。

半个小时……

四十分钟……

一个小时……

两个小时……

“神秘”的反方辩手终究是没有出现，大会的导师们似乎也临近暴怒的边缘，将“老李”训得连连点头弯腰赔不是。正方辩手则是不再那么神气了，眼神中的疑惑显而易见，他们相互交流讨论着试图找出答案。组织者们则临时被叫去开个集体大会，答辩会的时间已经结束了，必须要对全场有个交代。

又过了半个小时……

组织者们带着答复回到现场，由导师给优胜方辩手兼优秀毕业生代表颁发了荣誉证书和学位证书，优胜方的辩手们高举着这份荣誉，享受着来自四面八方闪烁着的镁光灯。导师们则是分为两派，一派是和优胜方辩手相拥而笑，另一派则是满脸愤然地离开了。颁奖环节结束后便是各种合影活动。最终本次毕业答辩会在这种颇为奇怪的气氛下和观众惯有的掌声中结束了。

显然，认为辩论会有意义的正方取得了优胜，带走了一切荣誉与赞美。

然而现在，我正听着台上那位以钊哥自称的知名企业家兼经济学博士讲着这段有趣的往事和他那“追逐秋风”的生活态度，当他说到自己当年是神情低落地走出会场的时候，台下只是哈哈一笑，似乎并没人相信这样一个浪子也会有人后独自神伤的时候。

图书在版编目（CIP）数据

这没有什么好玩的：北京电影学院导演系2014级本科班原创小说集 / 陈文颖主编. —北京：中国电影出版社，2018. 6

ISBN 978-7-106-04938-6

Ⅰ. ①这… Ⅱ. ①陈… Ⅲ. ①短篇小说—小说集—中国—当代 Ⅳ. ①I247. 7

中国版本图书馆CIP数据核字（2018）第124391号

责任编辑：林 娜

封面设计：那 莎

版式设计：人聚悦尚

责任校对：孙 健

责任印制：张玉民

这没有什么好玩的：

北京电影学院导演系2014级本科班原创小说集

陈文颖 主编

出版发行 中国电影出版社（北京北三环东路22号）邮编100013

电话：64296664（总编室） 64216278（发行部）

64296742（读者服务部） Email:cfpygb@126. com

经 销 新华书店

印 刷 中国电影出版社印刷厂

版 次 2018年6月第1版 2018年6月北京第1次印刷

规 格 开本/880×1230毫米 1/32

印张/5.75 字数/120千字

书 号 ISBN 978-7-106-04938-6/I · 1232

定 价 32.00元